裏切りの杯を干して 上

バンダル・アード＝ケナード

駒崎 優

Yu Komazaki

C★NOVELS Fantasia

口絵　ひたき
挿画　ひたき
地図　平面惑星

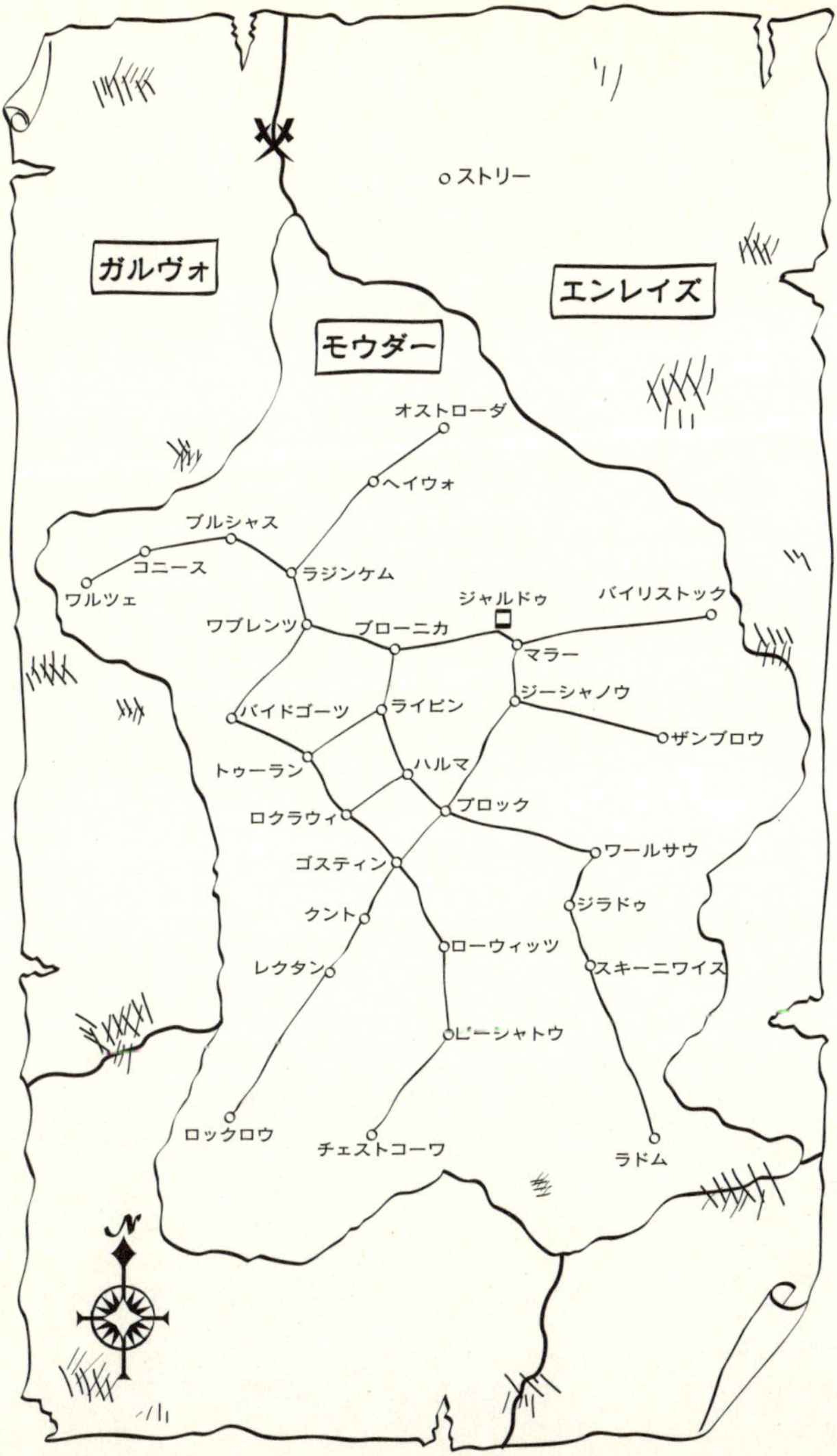
ストリー
ガルヴォ
エンレイズ
モウダー
オストローダ
ヘイウォ
ブルシャス
コニース
ワルツェ
ラジンケム
ジャルドゥ
バイリストック
ワプレンツ
ブローニカ
マラー
ジーシャノウ
バイドゴーツ
ライビン
ザンブロウ
トゥーラン
ハルマ
ブロック
ロクラウィ
ワールサウ
ゴスティン
ジラドゥ
クント
ローウィッツ
レクタン
スキーニワイス
ビーシャトウ
ロックロウ
チェストコーワ
ラドム

ジア・シャリース	バンダル・アード＝ケナード隊長
ダルウィン	バンダル・アード＝ケナード隊員
マドゥ＝アリ	同上
チェイス	同上
ノール	同上
タッド	同上
メイスレイ	同上
ライル	同上
エルディル	バンダル・アード＝ケナード一員
フレイヴン	エンレイズ軍司令官
デイプレイ	フレイヴンの副官
スターグ	フレイヴンの隊の新兵
ケネット	エンレイズ軍総司令官
ビーストン	ケネットの副官
ミラスティン	エンレイズの貴族、ストリーで手広く商売をしていた
ランブ	ミラスティンの右腕
サンテル	ミラスティンの召使い頭
リリア	ランブの召使い
コニガン	エンレイズの貴族、ストリーで商売をしている
トレンスト	ストリーの商人
アランデイル	トレンストの使用人
ヘリメルーク	エンレイズ人
ヴァルベイド	医師・エンレイズ王の密偵
バンダル・ルアイン	アード＝ケナードと古いつきあいのバンダル
テレス	バンダル・ルアイン隊長
ビジュ	ガルヴォ軍からきた交渉人
フォルサス	ビジュの雇った傭兵隊の隊長
トルクス	フォルサスの右腕
オルドヴ	ガルヴォ人、ビジュの政敵
スルラ	ガルヴォ軍司令官
セクーレ	ガルヴォ人

1

春はまだ遠い。

草は枯れて茶色くしぼみ、霜が白い輪郭を添えていた。エンレイズ軍の野営地《やえいち》では、そこここで火が焚《た》かれ、兵士たちが暖を取っている。もうすぐ昼になろうというのに、彼らの吐く息は、白くけぶっていた。正規軍の紺色の軍服は、融《と》けた霜で湿っている。

三百人を超える兵士が集まっているというのに、陣営はしんと静まり返っていた。装備の金属が触れ合う音だけが、時折冷たい空気を震わせる。全員が寒さに睡眠不足で、疲れ切り、無駄口を叩く元気もない。

アード＝ケナード《バンダル・アード＝ケナード》隊が到着したという知らせにも、正規軍の凍《こご》えた兵士たちは、さしたる関心を示さなかった。

目下の敵は、この厳しい寒さだ。もし、到着したのが毛布を積んだ荷車であれば、兵士たちも大歓迎しただろう。しかし、バンダル・アード＝ケナードは、たった五十人余の傭兵隊《ようへいたい》だ。傭兵隊としての評判は高いが、いかに有能であろうとも、寒さを防ぐ役には立たない。

そして傭兵たちも、正規軍の面々とは距離を取っている。

大抵の場合、彼らの間柄《あいだがら》は冷ややかなものなのだ。正規軍の兵士たちには、傭兵を嫌う者も多い。一度の戦いで多くの金を受け取り、不都合となれば軍上層部の命令すら聞かぬ傭兵たちは、彼らにとっては、嫉妬《しっと》と怒りの対象なのである。

だが、正規軍の苛立ちにもかかわらず、黒衣の傭兵隊は、依然として存続している。

正規軍の司令官が、分不相応な手柄を立てたいと考えたとき、傭兵たちが手を貸してくれる。あるいは何者かが、暗殺という手段を用いても、個人的な敵を素早く消し去りたいと望んだとき、傭兵隊が汚《よご》れ仕事を引き受ける。どの傭兵隊も、報酬は決して安くはない。しかし世の中には、その金を喜んで払う者が大勢いるのだ。

バンダル・アード゠ケナードの隊長は、ジア・シャリースという名で知られている。

長身で痩《や》せており、粗削《あらけず》りだが整った顔立ちに、青灰色《せいかいしょく》の瞳が光る。大抵の者は、名高いバンダル・アード゠ケナードの隊長が、三十を幾つか過ぎただけの若造であることに驚く。だがシャリースと部下たちが、雇い主の期待を裏切ることは滅多になかった。評判は維持され、彼らを雇いたがる者も後を絶たない。

到着した傭兵たちは、陣営の西の端に寝場所を与えられた。

部下たちが休息にふさわしい平らな場所を確保し、火を起こしている間に、シャリースは、野営地の端に向かった。部下たちが働いているところからは目と鼻の先だ。正規軍の兵士が一人、歩哨《ほしょう》に立っている。つまりここが、エンレイズ軍が自らの陣地と主張する、その境界線だということだ。

傭兵隊長を横目で見ながら、歩哨は真っ直ぐに立ち続けている。歩哨の脇で足を止め、シャリースは目を眇《すが》めて、彼方を眺めた。

視線の先に、敵の陣営がある。

西風が吹けば、ガルヴォ軍の兵士たちが何を料理しているのか、嗅《か》ぎ分けられるかもしれない。それほどまでに、敵陣営は近かった。双方ともに昼食を終えれば、すぐにも殺し合いを始められる距離だ。

だが両軍はこの場所に釘付けになり、すでに三週間もの間、ただ睨《にら》み合って時間を過ごしている。

想像していた以上に、滑稽《こっけい》な状況だった。シャリースは思わず、口の端で笑った。話には聞いていたが、こんなにも現実味のない光景が広がっているとは考えていなかったのだ。

戦場とも言えぬこの場所の状況については、フレイヴンという名の正規軍司令官から、既に説明を受けていた。彼の言葉を疑っていたわけではないが、話を聞くのと、実際に目にするのとでは、格段の差がある。

バンダル・アード゠ケナードをこの陣営まで案内したのが、そのフレイヴンである。

シャリースと同年輩の男で、司令官としてはまだ若い。貴族の出身ではないという。つまり、正規軍では異例の出世を遂げてきているということだ。長年戦場で過ごしてきたというのに、その顔には日焼けした跡が殆《ほとん》どなかった。額《ひたい》に落ちかかる黒い巻き毛が、その肌の白さを際立たせている。鋭い眼差《まなざ》しは、冷たい鉄の色だ。

顔同様に白い手は、しかし、ごつごつと固く、力強い。紛《まぎ》れもない軍人の手だった。

彼らは、ガルヴォ国境に近いエンレイズの町で、初めて顔を合わせた。一昨日《おととい》の夜のことだ。

その町は、商業で成り立っていた。通りには一晩中篝火《かがりび》が焚かれ、酒場には、夜通し、大勢の人間が出入りする。シャリースを除くバンダル・アード゠ケナードの面々は、前に請け負った仕事を終えて、束の間の自由を、この町で堪能《たんのう》しているところだった。

煙の充満する大きな酒場の片隅《かたすみ》で、シャリースとフレイヴンは、互いの仕事について言葉を交わした。合意に達するまで、長い時間はかからなかった。フレイヴンは言葉を飾らず、一切のごまかしもせず、ただ事実だけを淡々と語る男だった。そして終始、苦い表情を崩さなかった。

「私は今まで、傭兵隊など雇ったことは一度もない」

彼は低い声でそう言った。

「傭兵の力を借りなくても、私は、自分と部下の面倒くらい見てこられたんだ」

「となれば、あんたはこの事態に、さぞかし、自尊心を傷付けられただろうな」

シャリースはうなずいて、同情を示した。

「だが、こんなときだ、あんたが初めて傭兵隊を雇う気になったからといって、誰も、それを非難したりはしないだろうよ」

フレイヴンはにこりともしなかった。だが、シャリースに腹を立てていたわけではない。それは、シャリースも承知している。

フレイヴンはこの会合の数時間前に、わずか二名の部下を伴って、バンダル・アード゠ケナードの滞在している町に到着していた。

ガルヴォ軍との睨み合いが続く現場から、彼はわざわざ、この町まで呼び出されたのである。彼がこの酒場に座り、傭兵隊長と二人きりで顔を突き合わせることになった理由は、彼の意志ではなく、政治だった。彼にはそれが気に入らないのだ。

ともあれ、彼らは合意に達し、国境へやって来た。


戦況は、フレイヴンが離れる前と、変わりがないという。

敵陣を眺めやるシャリースの背後から、フレイヴンが近付いてきた。

視線の高さは、長身のシャリースに及ばぬものの、その身体は均整が取れ、姿勢の良さが際立つ。他の大勢の司令官とは違い、彼は部下に命じるだけでなく、自ら剣を取って、最前線で戦ってきた。そのことについては広く知られているらしく、彼の姿を認めた途端、歩哨の兵士が堅苦しく背筋を伸ばした。

フレイヴンは歩哨へうなずきかけ、それからシャリースの隣に立った。相変わらず、苦虫を噛《か》み潰《つぶ》したような顔だ。

「何をにやにやしている」

シャリースは笑みを浮かべたまま、敵陣営のほうを指した。

「あれを見ろよ。見たところ、俺たちよりも人数が多い。正面からのぶつかり合いになったら、俺たちも、もうすぐ死ぬかもしれないぜ。笑ってでもいないと、やってられないだろう?」

だが、フレイヴンは笑わない。

「雇った傭兵がそんな締まりのない顔をしていると、兵士が不安になる」

シャリースは肩をすくめた。

「司令官がぴりぴりしていると、兵士が怯《おび》えるぜ」

フレイヴンは冷ややかに、シャリースの軽口を無視してのけた。

「来い、会議がある」

顎《あご》で天幕の立ち並ぶ辺りを指し、身を翻《ひるがえ》す。シャリースがついてくるか否かなど、確かめもしない。シャリースは逆らわず、その後に続いた。実のところ、彼はこの司令官を気に入っていた。正規軍兵士の前で彼を立てることくらい、どうということもない。だがそう口にすれば、フレイヴンは恐らく、嫌な顔をするだろう。

フレイヴンは最初から、傭兵が嫌いだということを隠そうとしなかった。それでも彼は、己の務めを果たしている。ぶっきらぼうだが、むやみに威張り散らすようなこともない。上辺ばかりは好意的に振舞いながら、陰でこそこそと策謀を巡らせるような相手より、シャリースにとっては、ずっと付き合いやすい相手だ。

バンダル・アード＝ケナードに属するもので、フレイヴンが唯一興味を示したのは、白い狼《おおかみ》だった。

昨日の朝、集合したバンダル・アード＝ケナードの面々と顔を合わせたとき、彼は、黒衣の男たちの間にいた雌《めす》狼に目を留めた。バンダル・アード＝ケナードと行動を共にしている白い狼については、以前にも耳にしたことがあったらしい。

「それが、例の狼か」

しげしげと、白い獣《けもの》を観察する。狼の金色の瞳が、フレイヴンをじっと見つめ返す。

彼女はまだ子供だったころにバンダルに拾われ、隊員の一人を母親代わりに育った。今ではこのバンダルを群れの仲間とみなして、片時も側《そば》を離れようとしない。

シャリースは狼を呼んだ。

「エルディル」

白い狼がゆっくりと彼の足下へやって来る。シャリースはその大きな頭に片手を置いた。

「こいつはうちで一番気の荒い奴でね。下手《へた》な真似をすると、肘《ひじ》から先を噛み千切られるかもしれないぜ」

不名誉な紹介に、エルディルは小馬鹿《こばか》にしたように鼻《はな》を鳴らす。

フレイヴンが連れて来ていた正規軍の兵士二人は、狼の接近にたじろぎ、一歩退《しりぞ》いた。明らかに、肘から先を失う危険に晒《さら》されたくない様子だ。

しかしフレイヴンは、シャリースの忠告など、耳に入ってもいないようだった。

「美しいな」

その呟《つぶや》きは、世辞ではなかった。賞賛の響きを、エルディルは正確に理解したに違いない。

フレイヴンが伸ばした指先へ、エルディルは首を伸ばした。少しばかり匂いを嗅ぎ、そして舌先で舐《な》める。彼の手が頭を撫《な》で、耳の後ろを掻《か》くのを、エルディルは許した。微《かす》かに尾を振りさえした。

「女の扱いを心得てるな」

そう評したのは、ダルウィンである。バンダルの一員で、シャリースとは幼馴染《おさななじみ》だ。人好きのする青い瞳に、面白がっているような光が浮かんでいる。

「どこぞの隊長さんとは大違いだ」

隊員たちの間から、忍び笑いが漏《も》れる。シャリースは、小柄な幼馴染を片目で睨んだ。

「おまえに言われたくはねえな」

実際のところ、エルディルを本当に従わせることが出来るのは、彼女を育てた男だけだ。何故《なぜ》か彼女は、初めて出会ったときから、その男を母親だと信じ込んでいるようだった。マドゥ＝アリというその男の名が、狼を意味していることが、何か関係して

いるのかもしれない。

ともあれそのとき以来、エルディルは、フレイヴンを憎からず思っているような素振りを見せるようになっていた。

今も、兵士たちの間を突っ切っていくフレイヴンとシャリースに向かって、白い獣が軽やかに走って来る。正規軍の兵士たちの間からは悲鳴が上がったが、エルディルは意に介さない。彼女はまず、シャリースの腰に頭を擦《こす》り付け、それからフレイヴンの手に、濡《ぬ》れた鼻先を突っ込んだ。フレイヴンがその耳をひと撫でするると、それで満足したかのように身を翻し、バンダルの仲間のほうへと戻って行く。

兵士たちは、驚愕《きょうがく》と恐れの入り混じった目で、フレイヴンと傭兵隊長を見ていた。ただでさえ不穏な状況下の野営地に、また新たな問題が持ち込まれたと、誰もがそう考えているかのようだ。

だが一人の若者が、フレイヴンの姿を認めて近寄ってきた。ひょろりとした身体つきで、細い顔に、長い鼻が目立つ。

「お帰りでしたか、フレイヴン殿。ご無事で何よりでした」

愛想よく、彼はそう挨拶《あいさつ》した。それから、フレイヴンが従えてきた傭兵へと目を向ける。黒い軍服の肩に縫《ぬ》い取られた刺繍《ししゅう》と、濃緑色のマントを認めて、彼は目を丸くした。

「本当に、バンダル・アード＝ケナードを連れてきたんですね」

「ああ」

素っ気なく、フレイヴンは若者へうなずきかけた。

「これがその隊長だ」

まるでシャリースなど、意志も持たぬ人形か何かであるような口調で言う。普通であれば、互いに気まずい思いをするような場面だ。だが、フレイヴンのそんな態度には慣れているものか、若者はまったく気にしていない。

「本物のジア・シャリースですね」

嬉しげに、彼はシャリースを見やった。

「僕は、フレイヴン殿の副官のデイプレイです。会えて嬉しいですよ」

「俺の感想は、保留にしておこう」

シャリースは唇《くちびる》の端を上げてみせた。

「まだあんたが、会えて嬉しい相手かどうか、判らないからな」

友好的とは言えぬ言葉を掛けられても、デイプレイの顔にある笑みは、小揺るぎもしない。

「僕は、愉快な男ですよ。友人も多い」

自信満々に言ってのける。シャリースは肩をすくめた。

「俺をその一人に加えようとしてるんなら、お門違いだぜ。俺は、ここに遊びに来たわけじゃない」

気押されたふうもなく、デイプレイは片眉《かたまゆ》を上げてみせた。

「僕もです——まあ、少なくとも、今はね」

フレイヴンに目を戻し、彼は幾分かしこまった表情を作った。

「ケネット殿はまだ、ご自分の天幕から出ておいでになりません」

「——いつものことだな」

フレイヴンは呟いた。もはや失望する価値もないと言いたげだ。

ケネットというのが、この陣営を束ねている男の名前である。

シャリースにとっては、一面識もない相手だ。だが既にフレイヴンから、この総司令官についても、他のことと同じように淡々とした説明を受けていた。フレイヴンは、個人的な感情については一切言及しなかった。しかしそのときの表情から、シャリースは、彼が上官を慕っているわけではないことを、十分すぎるほどに察したのだ。

この状況を見るに、シャリースにも、フレイヴンの気持ちは理解できる。見識のある司令官ならば、こんな寒空の下に、軍勢を数週間も、ただ留めておいたりはしない。兵士たちの体力も士気も、このままでは落ちていく一方だ。

「ケネット殿が出てきたら、知らせてくれ」

フレイヴンはデイプレイにそう命じ、ケネットの天幕へ背を向けた。ゆっくりと歩き出す。シャリースもそれを追った。

兵士たちの間を歩きながら、フレイヴンの視線は、彼らの顔をさりげなく観察している。兵士たちもまた、司令官と、彼が連れている傭兵隊長へ、好奇心に満ちた目を向けていた。

不意に、フレイヴンは足を止めた。

「そこの、赤毛の新入り！」

指差された一人の兵士が、弾《はじ》かれたように、火の側から立ち上がる。

「はい！」

「こっちに来い」

まだ二十歳そこそこの若者は、直ちに司令官の命令に従った。丸い顔には、不安と緊張の色がある。おどおどとした視線が、司令官と傭兵隊長の間をさまよった。叱責《しっせき》を待つ子供のような表情だ。

フレイヴンは目を眇めて、若者の、目立つ赤毛を観察した。

「名前は？」

穏やかに尋ねられて、赤毛の若者の肩から、ほんの少し力が抜ける。

「スタークです」

フレイヴンはうなずいた。シャリースを横目で指す。

「よし、スターク。この男は、バンダル・アード＝ケナードのシャリースだ。私が雇った。おまえにはこれから、私とバンダル・アード＝ケナードとの連絡役を務めてもらう。その任務が、他の何よりも優先だ。判ったか？」

スタークがその命令を呑《の》み込むまでには、数秒が必要だった。

「——判りました」

そう答えはしたものの、本当に判っていたわけではないだろう。緑色の瞳には、戸惑いの色がありありと浮かんでいる。

無理もないと、シャリースも考えた。一兵卒が突然、聞いたこともない任務を、司令官から直々に与えられたのだ。具体的には何をすればいいのか、見当も付かなかったに違いない。

もっともそれは、シャリースも同様だ。傭兵隊との連絡役という仕事は、昨日、彼とフレイヴンが協議の上で、急遽《きゅうきょ》作り上げたものなのだ。大抵の雇い主は、自分が傭兵に何を求めるのか、部下に知らせたがらない。往々にして、雇い主たちの沽券《こけん》にかかわることが多いためだ。

「よろしく頼むぜ、スターグ」

シャリースは赤毛の若者へ、にやりと笑いかけてやった。

「その赤い頭は、目印にいいな。後で、うちの誰かを迎えに寄越す」

長身の傭兵隊長を見上げて、スターグはまごまごとうなずいた。

「フレイヴン殿！」

天幕のほうから、デイプレイの声が聞こえる。そちらを振り返ると、フレイヴンの副官が、大きく手招きしているのが見える。どうやら、この場の総責任者が、天幕に到着したらしい。

「会議が始まる」

言い置いて、フレイヴンは踵《きびす》を返した。シャリースはスターグの肩を叩いた。

「またな」

軍服の布地の感触は、まだ新しい。きょとんとしたままのスターグを残して、シャリースも天幕へと向かった。

本来ならば、正規軍の司令官たちによる会議に、シャリースが顔を出すいわれはない。

しかし、バンダル・アード＝ケナードが陣営に加わったことを示すために、フレイヴンは彼の同席を求めた。シャリースもそれに応じた。自分の雇い主が誰であるかをはっきりさせておくのは、彼にとっても重要なことだ。バンダル・アード＝ケナードはエンレイズ軍に属してはいるが、エンレイズ軍の利益のためではなく、フレイヴンのためにここにいるのだということを、そこにいる者たちに示さなければならない。さもないと、自分にもバンダル・アード＝ケナードを顎で使う権利があると、勘違いする輩《やから》が出かねない。

司令部として使われている天幕は、他のどの天幕よりも大きな作りになっている。

だがそこに十人もの司令官やその部下、そして護衛の兵士が詰《つ》め込まれていると、かなり息苦しい。外の寒さが嘘《うそ》のようだ。

フレイヴンとシャリースは、デイプレイに案内されて、テーブルの脇についた。

椅子は、天幕の中に一脚しか置かれていない。腹の突き出た中年の男が深々と腰を下ろし、誰にもその椅子を渡すまいとしているかのように、肘掛けを摑《つか》んでいる。これが、この場の総司令官であり、兵士たちを凍死の危険に晒している張本人である、ケネットに違いない。

シャリースはフレイヴンから一歩退いたところに立った。それでも、自分が一同の注目を集めているのは判る。大剣を腰に吊《つ》るした長身の傭兵は、否が応にも目を引く存在なのだ。好奇の視線を、彼は順に、真っ向から見つめ返した。

「それは、誰だね？」

シャリースを顎で指し、ケネットが不機嫌に尋ねる。その視線を一瞬だけ受け止めて、フレイヴンはさりげなく、テーブルの上の地図へと目を落とした。

「バンダル・アード＝ケナードを雇いました」

地図に目を据《す》えたまま答える。

「いずれ事態が動けば、役に立つでしょう」

そして、説明は済んだと言わんばかりに口を閉ざす。

「君がか、フレイヴン？」

一人の司令官が、半ば驚き、半ば嘲《あざけ》る口調で口を挟んだ。

「よりにもよって、君が、傭兵を雇うとはね！　そんな金があったとは驚きだ。それも、バンダル・アード＝ケナードとは。誰かに借金でもしたのか？　そうでなければ……」

「ちょっと待てよ」

シャリースがそれを遮《さえぎ》る。

「俺たちが、強欲の塊《かたまり》だとでも？」

フレイヴンの頭越しに、彼は、相手へ鋭い視線を向けた。

「冗談じゃねえぜ。俺たちはいつだって、もらった報酬に見合うだけの仕事をしてる。文句を言うのは、そいつがケチな卑怯者《ひきょうもの》だって証拠《しょうこ》だ」

軽口を叩いた司令官は、真っ向から仕掛けられた傭兵隊長の反撃に目を剝《む》いた。他の者たちも、困惑したように顔を見合わせる。今にも喧嘩《けんか》が始まりそうな空気がみなぎる。

「ここは、正規軍の会議の場だ」

割って入ったのは、フレイヴンである。灰色の目が、シャリースを睨み据えている。

「おまえは黙っていろ、シャリース」

シャリースが肩をすくめ、口を噤《つぐ》む。天幕の中に、低いざわめきが起こった。バンダル・アード＝ケナードは優秀な傭兵隊として知られているが、その隊長は、従順な性格とは言い難いというのが、正規軍の中での評価だ。それを、フレイヴンはいとも簡単に従わせている。

部下たちのやり取りを、ケネットは、眉を寄せて見守っていた。しかし、特に言うべきことは見つからなかったらしい。

場が鎮まったのを見届けて、ケネットは、傍《かたわ》らに立つ副官へ片手で合図を送った。

「ビーストン、頼む」

それを受けて、四角い顎の初老の男が、一歩前へと進み出る。

「一時間後に、ガルヴァ軍の代表者と会合を開きます」

事務的な口調で彼は告げた。

「昨日に引き続き、人質の処遇についても協議されます」

これに対して、口を開く者はいない。冷めた沈黙が、その場を覆《おお》っている。

シャリースも、その理由を知っていた。この台詞《せりふ》は、エンレイズ軍とガルヴァ軍がここに腰を据えることになったその日から、毎日繰り返されているのだ。フレイヴンがバンダル・アード＝ケナードを迎えに出向いていた間も、ことは全《まった》く進展しなかったらしい。

両軍がここに布陣した日、偶発的に起きた小競《こぜ》り合いで、エンレイズ軍は、一人の捕虜《ほりょ》を手に入れた。

それは、ガルヴァ軍の高官の一人だという。その一人のために、戦闘は止まった。ガルヴァ軍はぴたりとその場から動かなくなり、エンレイズ軍も攻撃を仕掛けなかった。

エンレイズ軍が、ただの偶然で手に入れた捕虜が、ガルヴァにとって重要人物であったことは、まず間違いがない。彼らはこの人物を取り戻すために、わざわざ使者を寄越し、ケネットと交渉を続けている。

ケネットは捕虜を、得難い貴重な人質として、大事に抱え込んでいる。そしてケネットとガルヴァ軍の責任者との会合に、いつまでも決着がつかぬがゆえに、この膠着《こうちゃく》状態が続いているのだ。

だが、肝心《かんじん》の人質の正体は、実のところ、未《いま》だに謎に包まれている。

「ケネットはそのガルヴァ人を、自分の腹心以外の、誰とも接触させない」

苦々しげに、フレイヴンはシャリースに説明したものだ。

「身元が判らないなどと言っているが、そんな馬鹿な話があるか。身元が判らないのに、ガルヴァ軍の連中と交渉が出来るはずはない。ケネットは我々に手柄を横取りされたくなくて、人質を、誰にも会わせまいとしているんだ」

その結果として、人質は天幕の一つに入れられて、ケネットが特に許した兵士のみによって守られ、ケネットと、彼の副官であるビーストンとしか話が出来ない状況になっているのだという。フレイヴンを始め、部下たちが不満に思うのも当然だ。

しかし今日は、風向きが変わった。天幕の下に、ケネット総司令官へ意見する者が現れたのだ。

「ですが、そろそろ動く頃合いではないでしょうか」

堂々とそう提案したのは、フレイヴンの副官であるデイプレイだった。

「バンダル・アード゠ケナードも到着したことですし、今、奇襲を掛ければ、ガルヴォ軍を一網打尽に出来るでしょう」

誇らしげに胸を張るデイプレイを、シャリースは横目で見やった。面《おもて》には出さなかったが、正直なところ、度肝《どぎも》を抜かれた。求められてもいないというのに、一介の副官が総司令官の前で己の考えを披露《ひろう》するなどという場面に出くわしたのは、初めてのことだ。

だが、周囲の者たちは、シャリースほど驚いてはいない。デイプレイの子供じみた提案に賛同する者もいないが、頭ごなしに叱《しか》りつける者もいないようだ。不明瞭《ふめいりょう》な呟きがそこここから聞こえたが、誰も、デイプレイを黙らせようとはしていない。

直属の上官であるフレイヴンは、地図に目を落としたままだ。だが、奥歯を噛み締め、ゆっくりと息を吐いている。どうやら彼にとって、デイプレイは、シャリース以上に頭の痛い問題であるようだった。

シャリースは素早く片手を挙げて、デイプレイの視線を捉えた。

「おい、勘違いされちゃ困るんだがな」

フレイヴンの刺すような視線に気付かぬふりをし

て、シャリースは大声で続けた。

「俺たちがあんたの馬鹿な思いつきに喜んで乗っかると考えてるんだったら、俺がその頭をぶん殴って、今後二度と、ものを考えられなくしてやってもいいんだぜ。どうやらあんたは、何も考えていないときのほうが皆の役に立つようだ」

幾つもの忍び笑いが起こり、デイプレイは顔を赤くした。

「もういい、シャリース」

遂にフレイヴンが、天幕の入口を指して怒鳴《どな》る。

「おまえは外に出ていろ！」

一同へふてぶてしく笑いかけて、シャリースは命じられた通りに天幕を後にした。どのみち、会議はもう終わりかけている。これ以上、実りのある話し合いを期待したところで無駄だ。

冷たい外の空気は、すがすがしかった。シャリースはそのまま辺りをぶらつき、天幕の中から漏れ聞こえてくる言葉の断片に耳を傾け、待った。


ふと視線を上げると、濃緑色のマントをしっかりと身体に巻き付けた傭兵が一人、彼のほうへ近付いてくる。ダルウィンだ。

「会議とやらに出てたんじゃなかったのかよ」

彼の青い目は、批判的な色を湛《たた》えて幼馴染を見やった。

「退屈で、出て来ちまったのか？」

「いや」

シャリースは唇の端を上げた。

「フレイヴンに、追い出された」

賢《さか》しらに、ダルウィンが鼻を鳴らす。

「どうせおまえが、いらねえことを言ったんだろう」

「まあな」

シャリースは認めた。どちらにせよ、この話はすぐに、全軍へ知れ渡るだろう。今も、天幕の入口を守る兵士が、興味津々《しんしん》の顔つきで、傭兵たちの会話に耳を傾けている。

「だがおまえだって、あの中にいたら、きっと口を出したくなっただろうよ。総司令官は、ガルヴォ人の人質を取ってから、部下にも内緒で何やらこそこそしてる。フレイヴンの副官は、勝手にべらべら喋《しゃべ》り出す。何故か誰もそれを止めもしないで、奴の機嫌を取ってる」

「デイプレイとかいう若造の話だろう」

ダルウィンは、寒さをしのぐために足踏みをしている。顎で、火に当たっている正規軍兵士の一群れを指す。

「さっきあそこで聞いた。そいつは、ケネット総司令官の身内なんだそうだ。それで軍に入ったはいいが、判ってもいないことにあれこれと嘴《くちばし》を突っ込んでくるもんで、皆に煙たがられているらしい。ケネットでさえ、デイプレイを可愛がってはいないようだな。フレイヴンは、奴のお守りを押し付けられてるって話だ」

相手が誰であれ、ダルウィンはたちどころに打ち解けるという特技を持っている。たとえ不穏な黒い軍服を身に纏《まと》っていたとしても、ダルウィンの小柄な身体つきと、人懐《なつ》こい笑顔に、警戒心を抱く者は少ないのだ。彼が親しげに話しかけ、冗談を飛ばせば、多くの情報が転がり込んでくる。

「なるほどな」

シャリースはうなずいた。

「それで、フレイヴンの態度も納得だ。きっと、腸《はらわた》の煮えくり返るような思いをしてるんだろう。だがケネットの前ではデイプレイを罵倒《ばとう》することも出来ないから、俺を相手に怒鳴り散らして、憂《う》さを晴らしてるってわけだ」

「憂さを抱えていなくても、おまえといれば、誰でも怒鳴り散らしたくなるだろうさ」

ダルウィンの物言いには、遠慮の欠片《かけら》もない。

「フレイヴンも気の毒にな。身分や金があれば、もっと上の地位に就けて、役立たずの若造を押し付けられることもなかっただろうに。その上、こんな扱いにくい男を抱え込むことになろうとは――」

　天幕の中からぞろぞろと人が出てきたのを認めて、ダルウィンは言葉を切った。フレイヴンも姿を現したが、先刻と比べて機嫌がよくなっている様子はない。

　彼は傭兵隊長を見つけ、大股に近付いてきた。

「黙っていろと、私はそう言ったはずだぞ」

　声は抑えていたが、歯ぎしりせんばかりの剣幕だった。

「忘れるな、おまえたちは、私に雇われているんだ」

　未熟な兵士であれば、恐らくその冷たい鉄のような目を見ただけで震え上がったことだろう。だがシャリースは平然と、その視線を受け止めた。

「つい親切心が湧いてね」

　悪びれもせずに言ってのける。

「あんたが、言いたくても言えなかったことを、俺が代わりに言ってやろうと思ったんだ」

「余計な世話だ」

　フレイヴンは吐き捨てた。シャリースはうなずいた。

「そうだな」

　険《けわ》しい一睨みを残して、フレイヴンは立ち去った。それを見送りながら、ダルウィンが幼馴染へ話しかける。

「ほどほどにしとけよ。奴の機嫌を損ねたらまずいぞ」

　シャリースは目を眇めて、フレイヴンの後ろ姿を眺めた。

「機嫌を損ねてはいないはずだ。あいつは、人前で素直に嬉しがったり出来ない類《たぐい》の男なんだよ」

「本当かよ」

　ダルウィンの声は疑わしげだ。

　シャリースは小柄な幼馴染を見下ろした。

「ところで、スターグを見つけた」

　話題を変える。

「フレイヴンは、部下の名前をちゃんと覚えてたぜ」

渋々《しぶしぶ》ながら、ダルウィンもそれに乗った。

「じゃあ、我らが連絡役殿を、今晩夕食に招くとするか。スターグまで怒らせるんじゃねえぞ、シャリース。フレイヴンがかりかりしてるだけで、俺たち十分まずいんだからな」

「俺がフレイヴンを怒らせてるわけじゃないぜ」

シャリースの主張を、ダルウィンはせせら笑う。

「フレイヴンに訊《き》いてみろよ。絶対におまえが悪いんだって言うぜ」

シャリースは唇の端を上げた。まだ短い付き合いだが、フレイヴンの反応は容易に想像がつく。そして彼は、思案げに眉を寄せた。

「見たところスターグのほうは、多分、そう簡単に怒ったりはしないな。むしろ、びくついてる」

「こんな状況じゃ、当然だがな」

ダルウィンはガルヴォ陣営の方向を見やった。シャリースはうなずいた。


「——そこが、問題だな」


夜になると、野営地は、凍てつくような寒さになった。

誰もが白い息を吐きながら、出来る限り火の側に近付こうとしている。夕食の鍋《なべ》から上がる湯気が、煙と混じり合って、夜空へと吸い込まれていく。兵士たちの交わす言葉が、さざ波のように、焚火《たきび》の間を漂《ただよ》っている。

バンダル・アード＝ケナードの面々は、言葉少なに、目の前に展開する敵陣営を眺めた。

ガルヴォ軍の陣営でも、盛んに火が焚かれている。無数の炎《ほのお》が灯るガルヴォ陣営は、まるで夜空の星のように美しかった。しかしそれぞれの火に、数人ずつの敵兵がいることを考えるに、心楽しい光景とは言えない。

それでも、彼らは温かな夕食を堪能した。傭兵稼《か》業《ぎょう》では、食事もろくに取れぬまま過ごさなければならないことも多い。敵が目の前にいるとはいえ、今のところ動きはないと判っているだけ気楽だ。

シャリースの火には、赤い髪の正規軍兵士が座っている。

傭兵たちの中に入ってきたとき、スタークの顔には、すぐ逃げ出したいと、はっきりとそう書いてあった。黒衣の傭兵たち全員が、彼をさりげなく、あるいは、あからさまな好奇心を示して見つめている。

その上、大きな白い狼が、金色の目を光らせながら、彼の匂いを嗅ぎに来た。まるで、彼が自分の夕食にふさわしいか否かを、吟味《ぎんみ》しているようだと、スタークは思った。シャリースに促《うなが》され、火の側に腰を下ろした後も、狼にうなじを狙われているような気がして、振り返らずにはいられない。

「あいつのことは気にすんな」

怖じ気付いている若者へ、ダルウィンは声を掛けてやった。

「人間を食うほど落ちぶれちゃいない。俺たちの誰よりも、口がおごってるからな」

彼は自分の鍋を掻き回していた。バンダル・アード＝ケナードきっての料理人を自任する彼は、ひとたび料理を始めれば、片時も、鍋から離れようとしない。ぐつぐつ煮える鍋からは、食欲をそそる香りが立ち昇っている。

その香りとダルウィンの人懐こい口調に、スタークは何とか、引き攣《つ》った笑みを浮かべた。長身の傭兵隊長が、彼の隣に腰を下ろす。エルディルがすかさず、新参者とシャリースの間に頭を突っ込んでくる。

スタークは悲鳴を上げて身を引いた。エルディルが喜んで尻尾を振る。彼女はそんなふうに、びくついている人間をからかっている節がある。

シャリースは苦笑しながら、大きな白い頭を押しのけた。

「マドゥ＝アリ！」

傭兵たちの群れの中に、狼の母親の名前を呼ぶ。

「エルディルを押さえておいてくれ。こいつ、客の夕飯を狙ってる」

「——エルディル」

闇から聞こえた低い声に、白い狼は身を翻した。彼女が無条件で素直に従う、唯一の男の声だ。

そちらを振り返って、スタークはさらに身体を強張らせた。白い狼が嬉しげに頭を擦《す》り寄せている男も、バンダル・アード＝ケナードの軍服に身を包んでいる。だが彼は、他の誰とも違っていた。浅黒い肌に色の薄い目が光り、何故かその顔の半分が、闇に沈んでいる。

マドゥ＝アリはすぐに顔を背《そむ》けたが、スタークの目は、彼に釘付けになった。彼は今まで、そんな姿の人間を見たことがなかったのだ。

シャリースは若者の肩に手を置いて、その注意を引いた。

「マドゥ＝アリは、ずっと南の方の出でな」

スタークの好奇心を、少しだけ満たしてやる。

「あいつの話では、あっちの国では、皆あんな色の肌をしてるんだそうだ。だが、見かけが多少違ってたって、中身は俺たちと、そう変わりゃしない。俺たちと同じものを食べて、一緒に寝て、仕事をする」

「はあ」

スタークは曖昧《あいまい》にうなずいた。まだ、異国の男の存在が信じられない気持ちだった。

その目の前に、湯気の立つ椀《わん》が差し出される。反射的に、スタークはそれを受け取った。とろけそうに煮込まれた肉の匂いが、彼の鼻をくすぐる。

「食えよ」

ダルウィンの指示に、彼は、一も二もなく従った。指示がなくても、食べずにはいられなかっただろう。たっぷりと椀を満たしたシチューは、食欲旺盛《おうせい》な若者にとって、抗《あらが》い難い誘惑だった。

実際、それは、スタークが今まで口にしてきた中で、最も美味な夕食だった。

兵士になる前、彼は貴族の家に召使いとして雇われていた。そこでは時折、宴会の残り物などにありつく機会があったが、こんなにもうまいと思ったものはない。もちろん、状況がまるで違うという事実はある。召使いとして働いていたときには、料理人が用意した食事を、腹いっぱいに詰め込むことが出来た。だが軍に入ってからは、食事は、配給されたものを自分たちで調理するしかなく、量も十分とは言えない。ことにこの数日、食料の欠乏が顕著《けんちょ》になり、兵士たちは皆、腹を減らしていたのだ。

スタークはしばし夢中で、熱いシチューを貪《むさぼ》った。傭兵たちの視線も、白い狼の存在も、もはや気にならない。椀が空になると、ダルウィンが二杯目をよそってくれる。

そこでようやく、スタークは、傭兵隊長がじっと自分を見ていることに気付いた。

その瞬間、むせ返る。

「大丈夫か」

気安く背中を擦《さす》ってくれたシャリースの手に、スタークは、ますます喉《のど》の詰まるような思いを味わった。

彼は、この傭兵隊長が、少しばかり恐ろしかった。

バンダル・アード＝ケナードの評判は、軍に入る前から耳にしていた。有能な傭兵だという話だったが、それはすなわち、人殺しの技に秀でているということだ。名声の裏では、おびただしい量の血が流れたに違いない。まだ戦闘経験のないスタークにとって、彼らは、遠い存在であるはずだった。

それが何故か、その中に交じり、隊長の隣に座らされている。

そもそも、上官が突然、自分を呼びつけたこと自体、不可解だった。入隊したときに顔を合わせはしたが、フレイヴンとはそれ以降、言葉を交わしたことはない。特に、目を付けられるようなことをしでかした覚えもない。

シャリースが、想像していたよりも若く、穏やかだったことは、スタークにとって僅《わず》かながら救いだった。まるで友人であるかのように扱われている。だが依然として、自分がここで食事をしている理由は明かされていない。

スタークの咳《せき》が収まったのを見計らって、シャリースも自分の食事に戻った。ダルウィンが鍋を火の上から持ち上げて、地面に置く。中身はだいぶ減っている。側にいた若い傭兵が、その鍋へ、物欲しげな視線を注《そそ》いでいる。

「あの……」

スタークは口を開いた。空腹がある程度収まり、我に返った今となっては、もはや平然と食べ続けることは出来なかった。

「連絡役って……僕は一体、何をすればいいんですか？」

傭兵隊長の目に、面白がっているような色が浮かぶ。

「とりあえずは、俺たちの側にいて、無駄話でもしてればいい」

「え……」

「そんな、深刻なことじゃないんだ、ちょっと、肩の力を抜けよ」

シャリースは笑った。スタークの緊張が高まったことには、とうに気付いていたらしい。

「実を言うと、フレイヴンは俺が嫌いでな」

子供が秘密を打ち明けるように、シャリースは、どこか楽しげに告げた。

「俺を雇った張本人のくせに、俺の顔は見たくないなんぞとごねやがるんだよ」

「その気持ちも判ろうってものだろう？　なあ、スターグ？」

ダルウィンが口を挟む。

「あんな真面目な男が、こんなふざけた野郎と、まともに付き合えるわけはない。その上こいつときたら、人の神経を逆撫でするのが、抜群にうまいときてる。今日、総司令官のいる天幕で、こいつが何をやらかしたか、聞いたか？」

　スタッグは、そろそろと、シャリースを横目で窺《うかが》った。

「……はい」

「まあ、そもそも最初に会ったときから、俺は、フレイヴンの覚えめでたくはなかったんだ。何しろ、ごろつきの傭兵だからな」

　シャリースが続ける。

「それで、あいつに言ったんだよ。誰か一人寄越してくれれば、俺たち、始終顔を合わせなくても済むぜ、ってな。あいつは、初めて俺が役に立つことを言ったって顔をしたね」

　そのときのことを思い出したかのように、彼は小さく笑った。

「それで、フレイヴンはおまえを寄越したわけだ」

　スタッグは目を瞬《しばたた》いた。

「でも、何で僕だったんでしょう？」

「その、真っ赤な頭が目立ってたからかな」

　こともなげに、シャリースが肩をすくめる。

「とにかく、あいつが新人から選んだことは間違いないだろうよ」

　肉の塊を口に入れながら、スタッグは、その言葉の意味を考えた。

「……それは——つまり、役立たずだから？」

「平たく言えば、そういうことだ」

　あっさりと、シャリースはうなずいた。

「おまえの仕事はな、用が出来たら、フレイヴンの元へ伝令に走ることだ。こっちの状況を把握《はあく》して、説明しなきゃならないこともあるだろう。だからおまえは、ここにいてもらわなきゃならない」

　傭兵隊長の言葉に、スタッグは呆然とした。しばし、相手の青灰色の瞳を見つめ、そして、ようやく言葉を押し出す。

「僕は、ここで寝るんですか？」

　若者の怯えた目つきを、しかしシャリースは気に留めた様子もない。

「元いたところから、そう離れてるわけじゃないだろう？　まあ、こっちのほうがあったかくて気持ちがいい、とは言わないがな」

「野蛮《やばん》な傭兵隊の中にいきなり放り込まれたら、どんな気持ちになるかは判る」

新たな声は、スタークの背後から聞こえた。

反射的に、スタークはそちらを振り返った。別の火に当たっている、痩せた、中年の男だ。どうやら彼らの話に耳を傾けていたらしい。

「気の毒に、さぞや身の毛のよだつ思いだろう」

「御挨拶だな、メイスレイ」

シャリースが小さく笑う。苦情など聞こえなかったような素振りで、メイスレイは続ける。

「だが、悪いことばかりじゃないぞ。おまえはこれから、ダルウィンの料理を、毎日食べられるんだからな。そのシチューはうまいだろう？」

穏やかな口調は、傭兵というよりも、学者か何かのようだった。口の中に残る味を改めて意識し、スタークは手の中の椀を握り締めた。

「はい」

「バンダル・アード＝ケナードの中には、おまえほど恵まれていない者もいる。例えば、そいつだ」

メイスレイが指し示したのは、先刻から側にいる、若い傭兵だった。スタークは彼を見たが、相手が見ているのは、ダルウィンの鍋だけだ。

「チェイス」

ダルウィンが厳しい声を出す。

「おまえのために作ったんじゃないぞ。客のために作ったんだ」

チェイスは即座に、目標をスタークへ定めた。鍋を指してみせる。

「これ、余ってる？」

その目に渇望《かつぼう》の色を認めて、スタークは思わずうなずいてしまった。

見ていた傭兵たちから、笑い声が上がる。正規軍では久しく味わっていなかった寛《くつろ》いだ空気が、スターグを包む。

早速シチューの残りに取りかかったチェイスの様子に、スタークも思わず笑っていた。

2

エンレイズ第二の都市ストリーは、王国の西、ガルヴォとの暫定的《ざんていてき》な国境から、馬で一日ほどの距離に位置している。

かつては、ガルヴォやモウダーとの貿易の要《かなめ》として栄えた町だ。今は、戦場へ物資を届けるための、重要な拠点《きょてん》となっている。政府の有力者やエンレイズ軍の関係者が移り住み、紺色の軍服を身に着けた兵士たちが通りに溢《あふ》れるようになって、三十年が経とうとしていた。貿易が生み出す富で飾られていた町は、三十年の間に、エンレイズ軍の、巨大で殺風景な兵站部《へいたんぶ》に変わり果てた。昔の栄華を物語るのは、優美な装飾に彩られた家々と、広い石畳の道だけだ。

町には、大きな馬車が、ひっきりなしに出入りしている。町を出ていく馬車は、戦場へ送られる物資を積み込んでいる。彼らはガルヴォとの国境や、南方のモウダーへと向かう。

一方、入って来る馬車には、負傷者や、病人が乗せられていることがある。

戦場での傷病者は、その場で手当てを受けるのが原則だが、軍医の手に余る患者が、ときに、ストリーまで運ばれてくる。途中で力尽きた者の遺体は、ストリーの墓地に葬られる。戦争が始まって以来、ストリーの墓地は、拡大する一方だった。

戦場から運ばれる患者の中には、軽症にもかかわらず、大袈裟《おおげさ》な呻《うめ》き声を上げながらやって来る者もいる。

名誉の負傷を大声で吹聴《ふいちょう》したがる者の多くは、貴族か、家族に厄介《やっかい》払いされた上流社会の出身者である。ストリーには数人の医者がいるが、そうした裕福な患者たちは、町の中心部に建てられた、大きな屋敷へと真っ直ぐに運ばれていくことになっていた。そこでは、貴族出身の、老齢の医者が開業している。彼は特権階級を扱い慣れており、そして法外に高い治療費を請求することに、爪《つめ》の先ほどの躊《ちゅう》躇《ちょ》も覚えない。患者たちは十分な手当てと寝心地のいいベッドを与えられ、甘やかされる。

金銭的にそれほど恵まれていない患者は、それぞれ、手近な医者の元へ連れて行かれる。この二週間ほどは、町に新しくやって来た黒髪の医者が、兵士たちの手当てを引き受けることが多い。

ヴァルベイドという名の医者が町に住み着いたのは、一ヶ月ほど前のことである。

彼は、中心部から少し離れた裏通りに一軒の家を借り、一人でそこに住んでいた。近所の者たちが、彼が医者であることを知ったのは、彼がやって来た翌日のことだ。詮索《せんさく》好きの隣人が、荷ほどきを手伝うという名目で彼を訪問し、そこで、あらゆる種類の薬や、種々雑多な医療道具を発見したのだ。

好むと好まざるとにかかわらず、その日以来、彼の元には病人や怪我人《けがにん》がやって来ることになった。

診療所の看板《かんばん》を掲げてはいなかったが、ヴァルベイドも、彼らを拒まなかった。四十代半ばで、兵士のように逞《たくま》しい彼は、怪我の痛みに暴れる大の男も難なく押さえつけることが出来たが、物腰は穏やかで、子供を扱う手は優しい。腕も確かだ。診療代は、他と比べて少しばかり高額だったが、そうでなければ、押し寄せる患者で身動きが取れなくなっていたかもしれない。

この人当たりのいい医者が、エンレイズ国王の間《かん》諜《ちょう》であるという事実を知る者はいない。

ヴァルベイドは国王の命を受けて、ストリーにやって来たのだった。この町で起きた、とある事件を調査するためである。

二ヶ月余り前、ミラスティンというエンレイズの貴族が殺害された。自宅で、毒を飲まされたのだ。

商才に恵まれたミラスティンは、ストリーでは、大商人として知られていた。軍と強く結び付き、軍用物資の多くを、彼が扱っていた。その男の突然の死は、ストリーの経済と、ストリーからの物資に頼っていた各地のエンレイズ軍を、大混乱に陥《おとしい》れたのだ。ミラスティンを殺害した犯人はしかし、まだ捕まっていない。

そこで、ヴァルベイドが送り込まれた。

今のところ、彼は見知らぬ町で、手探りをしている状態だ。彼が医者としての技量を身につけたのは、情報を集めるためではなかったが、役には立った。

彼は患者と必ず世間話をした。戦場で負傷した兵士たちは、彼らがいた場の様子を教えてくれた。顔が知られるようになると、町の市場でも、住人たちの輪に入り、様々な噂《うわさ》を聞き込んだ。

「気前のいい人だったよ」

殺されたミラスティンについて、仕立て屋の主人は、ヴァルベイドにそう語った。

「ちょっとした伊達男《だておとこ》でね。身体にぴったり合った絹のシャツを、何百枚と持ってたよ。私の仕立てを気に入ってくれて、一枚届けるたびに、代金の他に金貨をくれたよ」

「生憎《あいにく》と、私はそれほど金持ちではないが」

ヴァルベイドは応じた。

「それでもあんたに、シャツを作ってもらいたいね」

仕立て屋は、新参の医者の依頼を喜んで引き受け、ヴァルベイドは国王の金を、己のシャツを仕立てるために支払った。こうした投資は、後々必ず役に立つ。ヴァルベイドはそれを知っている。

彼は貴族たちの使う店で買い物をし、召使いの行く酒場で食事を摂《と》り、さりげなく自分の存在を印象づけて、町における地位を確立していった。一ヶ月ほど経った今では大勢が、彼が親切で腕の確かな医者であると認め、仲間として受け入れてくれる。

だがそれでも、ミラスティン殺害の真相を摑《つか》むのは、容易ではない。ミラスティンは貴族だった。彼が親しく交わった人々もまた、多くが貴族や大商人などの有力者だった。事件を調べた役人たちでさえ、深くは切り込んでいけなかったのだ。

今のところヴァルベイドは、国王の代理人としての身分を完全に隠して動いている。役人たちの耳には入らなかったことも、一介の町医者ならば聞けるかもしれないと、彼は期待していたのである。

そんなある日、ヴァルベイドは、賑《にぎ》やかな町の広場の一角で、見知った顔を見つけた。

初めは、人違いかと思った。それでも、近付いて、確かめずにはいられなかった。

最後に会ったとき、相手は、傭兵《ようへい》の黒い軍服を着ていた。今は、それを平服に着替えている。しかし、彼の金色の巻き毛と甘く整った顔立ち、そして、果物売りの娘と喋《しゃべ》っているときの笑顔には、確かに覚えがあった。

「アランデイル」

声を掛けると、アランデイルは医者を振り返った。唇《くちびる》には、娘に向けた笑みがこびりついたままだ。青い目が、訝《いぶか》しげに細められる。

それから、彼はようやく、目の前にいる男が誰なのかを、思い出したようだった。

「……驚いた」

彼は、首を締められてでもいるようなかすれ声で呟《つぶや》いた。

「こんなところで、何してるんですか、先生?」

「君こそ、何をしてるんだ? バンダル・アード＝ケナードがストリーに来ているなんて、全然知らなかった」

かつてヴァルベイドは、バンダル・アード＝ケナードを雇ったことがある。

アランデイルとは、そのときに知り合ったのだ。金髪の優男《やさおとこ》は、バンダルの一員として、外見に似合わぬ戦いぶりを見せていた。女癖が悪いという評判はあったが、彼が優秀な傭兵であることは、誰も否定しなかった。口の悪いシャリースでさえ、アランデイルを使いでのある男だと認めていた。

アランデイルは果物売りの娘に片手で別れを告げ、ヴァルベイドを、広場の隅《すみ》へと導いた。人通りは多いが、話を盗み聞きされる心配はない。それは、ヴァルベイドにとっても好都合だった。身分を隠している目下の状態で、己の正体を知る者に、それを明かされては困る。

アランデイルは素早く周囲を窺《うかが》い、道行く人々が、誰も、自分たちに注目していないことを確かめた。そして、声を潜《ひそ》める。

「バンダル・アード＝ケナードは、ここにはいません」

告げられた一言に、ヴァルベイドは眉《まゆ》をひそめた。

「それじゃあ、君は一人で何してるんだ？　休暇か？」

問いかけながら、それが、愚問《ぐもん》であることは判っていた。傭兵たちもときには休暇を取るが、短い休暇の間ならば、軍服を脱ぎはしない。そして現在の戦況を考えるに、傭兵たちが軍服を脱ぎ去ってもいいと考えるほど、長い休暇が取れるはずはない。ましてやこのストリーは、軍関係者が多く暮らす町だ。軍服を着ているだけで、様々な恩恵に与《あずか》れる。

アランデイルは上目遣《づか》いにヴァルベイドを見やり、長い溜息《ためいき》を吐《つ》いた。

「――正直なところ、先生にこんなところで会いたくはなかったんですけどね」

沈んだ口調に、ヴァルベイドは困惑した。彼の知るアランデイルは、陽気でふてぶてしく、自信に溢れた若者だった。明らかに様子がおかしい。

彼の凝視《ぎょうし》を避けるように、アランデイルは足下へ目を逸《そ》らした。

「……実は俺、バンダルから追放されちまったんですよ」

今にも消えそうな声音で、そう告げる。

思わぬ一言に、ヴァルベイドは耳を疑った。唖然《あぜん》として、アランデイルの金色の頭を見下ろす。

「――何だって？」

つられて、ヴァルベイドの声もかすれた。アランデイルは仕方なさげに、彼の視線を捉えた。

「追放です。お払い箱になっちまったんです」

辛抱《しんぼう》強く、そう繰り返す。

しかしヴァルベイドは、無意識のうちにかぶりを振っていた。

「信じられない。シャリースが君を手放すなんて」

思わず漏《も》らした一言に、アランデイルの口元に、微《かす》かな苦笑が浮かんだ。

「俺を買っていただいてるのは嬉しいんですけどね、残念ながら、事実なんです」

そう言われてもなお、信じ切れずに、ヴァルベイドは相手を見つめた。アランデイルの眉間《みけん》には、痛みをこらえているかのような皺《しわ》が刻まれている。

「……俺は、バンダル・アード゠ケナードが好きだったんですけどね」

やがて、彼はぽつりと言った。

「隊長とも馬が合ったし、皆いい奴だったし――」

「……」

ヴァルベイドが言葉もなく見守る前で、アランデイルは、口ごもりながらも言葉を押し出した。

「……だけど、まあ、身から出た錆《さび》ってやつですよ――モウダー人の女の子を妊娠させて……その女の子が死んだとあっちゃね」

アランデイルが何を言ったのか、ヴァルベイドがその意味を理解するまでに、しばしの時間が必要だった。

「……何があったんだ」

恐る恐る尋ねる。アランデイルは、腹を括《くく》ったように肩をすくめてみせた。

「モウダーで、とある女の子と知り合いになりまして」

唇の端が下がる。

「農家の娘で――綺麗《きれい》な子でした。俺たちしばらくその辺りにいたんで、仲良くなりましてね。まあ、そういうことになっちまったんですよ」

「……つまり、彼女を妊娠させたんだな？」

「別に、妊娠させようと思ったわけじゃないんですけど――結果的には」

アランデイルの目は、自分の爪先《つまさき》に据《す》えられている。

「俺は、それを知らずに、バンダルと一緒に移動しちまったんですよ。ここから先は聞いた話なんですが、彼女は妊娠を両親に打ち明けて……大喧嘩《おおげんか》になったらしいです。それで彼女、その夜のうちに納屋《なや》で首を吊《つ》って、自殺しちまったんですよ」

整った顔には、苦渋《くじゅう》の色があった。その心中を慮《おもんぱか》って、ヴァルベイドも、掛ける言葉を失った。

アランデイルは確かに、軽薄ではあったかもしれない。だが決して、冷たい悪人ではないのだ。

「……元はと言えば、俺が、首吊りの縄に輪を作ってやったようなもんですよね……」

アランデイルの声には、自嘲《じちょう》の響きがある。

「――それで、彼女の父親が、エンレイズ軍に苦情を申し立てましてね……。そんな状況だったんで、隊長も、俺を庇《かば》い切れなかったんです。バンダル・アード＝ケナードには、もう置いておけないってことで、追放されました」

「そうだったのか……」

「隊長は、俺がバンダルに残れるように、一生懸命《けんめい》頭を絞ってくれたんですが――駄目だったんです。まあ、彼女の父親に殺されなかっただけ、俺はついてましたよ」

ヴァルベイドはうなずいた。もちろん、シャリースは、部下のために手を尽くしたはずだ。だが、モウダー人の生命や財産を脅《おびや》かしてはならないという、エンレイズ軍の大原則が覆《くつがえ》されない限り、アランデイルを処分しないわけにはいかなかっただろう。

「今は、ストリーに住んでるのか？」

話題が変わって、アランデイルは、ほっとしたような顔になった。

「勤め口を見つけましてね。トレンストっていう、商人の家です。女物の細々したものを扱ってる店なんですが、俺は、生まれ故郷に戻っても家族がいるわけでなし、しばらくここに腰を据えて、先のことをゆっくりと考えようと思って。給料は、雀《すずめ》の涙ほどですけどね」

ヴァルベイドは目を眇《すが》めた。トレンストという商人のことは、彼も耳にしたことがある。高価な宝石から、町の娘でも気軽に買えるリボンまで、幅広く扱う店の持ち主で、恐らくこの町に住む女を、一人残らず顧客にしているだろう。

値踏みする眼差《まなざ》しで、ヴァルベイドは目の前の若者を眺めた。

「……私の手伝いをする気はないか?」

尋ねると、アランデイルは片眉を上げた。

「片手間でいいのならね。それと、手間賃がもらえるんなら」

即座に出されたこの条件に、医者はうなずいた。

「君が働いているのは、大きな店だ。人も集まるし、届け物であちこちに入り込むことも出来るだろう」

「そういや、先生は、国王陛下の間諜でしたね」

小声で言って、アランデイルはにやりと笑った。

「一体何を嗅《か》ぎ回ってるんですか?」

「ミラスティンという男の死についてだよ」

「名前は聞きました。毒を飲まされたって。でも、俺がここに来る前の話ですよ」

「だが未《いま》だに、犯人は捕まっていない。そして、ストリーの経済は混乱したままだ。陛下は私に、これをどうにかしろと仰《おお》せだ。それにはとにかく、犯人を捕まえなければ話にならない」

青い目を眇めて、アランデイルはヴァルベイドを見やった。

「犯人は、お偉方の誰かだということですか? だから、捕まえられないと? そういう噂は聞きましたが」

「その可能性は大いにあると思うね」

ヴァルベイドは認めた。

「事件を調べた役人の話によると、被害者の妻は、役人が屋敷の中を掻《か》き回すことを拒み、被害者の友人たちは、自分が疑われていると知ると腹を立てて役人を追い立て、ミラスティンの後釜《あとがま》に座った男は、忙しいからと、役人に会うことすら断ったらしい。こんな調子では、何が判るはずもない」

「国王陛下の御威光も、ストリーまでは届いていないようですね」

嘆かわしげに、アランデイルはかぶりを振る。

「貴族の一員が殺されたというのに、容疑者をいたぶって、罪を告白させることも出来ないとは」

「国王陛下は、公正で、間違いのない裁きをお望みだ。それも、これ以上の混乱を招かぬやり方で」

「ミラスティン殿の後釜に座った男が犯人だったとしたら、今以上の混乱が生じるでしょう」

アランデイルの指摘は正しい。ヴァルベイドは肩をすくめた。

「そうなったら仕方がない。身体の中にできものが出来たときには、皮膚を切り裂いて取り出さなければならないのと同じだな。血や膿《うみ》が溢れ出して、周りは大変なことになる。だができものさえうまく取れれば、あとは綺麗に塞《ふさ》がるだろう。だが誰かを告発する前に、確証が欲しい」

「俺は、先生の目となり、耳となるわけですね」

考え深げに、アランデイルは頰《ほお》を擦《こす》った。

「――もし俺がうまくやったら、宮廷の、それなりの地位の仕事に就けるように、口を利いてもらえますか？」

アランデイルの両親が、かつてエンレイズ王の宮廷で働いていたことは、ヴァルベイドも知っている。アランデイルは使用人の子として、宮廷で育った。彼に故郷があるとすれば、それは宮廷なのだ。

「君が高望みをしないというのなら、やってみよう」

ヴァルベイドの返事に、アランデイルは、ふと目を逸らした。

「……本当は、バンダルに戻りたいんですけどね」

　その横顔は、寂しげだった。気弱な呟きに、ヴァルベイドの胸も痛んだ。バンダル・アード＝ケナードは、一つの家族のようだった。彼らと過ごした日々はそう長くはなかったが、ヴァルベイドも、大家族の一員になったような気分で過ごすことが出来た。そこから離れざるを得なかったアランデイルは、さぞかし辛かったことだろう。

「戻れないのか？　ほとぼりが冷めたら……」

「それまで、バンダル・アード＝ケナードが生き残ってたら、考えますけど」

　不意に、アランデイルは拳《こぶし》を固く握り締めた。

「まったく、あいつらが戦場にいるってのに、俺はこんなところで、何をやってるんだか！」

　そう吐き捨てる。

　その激しさに、ヴァルベイドはただ、相手を見守るしかなかった。


　フレイヴンが傭兵隊を雇ったことが、他の司令官たちの不安を煽《あお》ったらしい。

　ガルヴァ軍との交渉はまだ続いているというのに、二日後には、さらに三つの傭兵隊が、エンレイズ軍に加わることになった。シャリースの聞くところによると、その知らせを受けて、総司令官のケネットは鼻白《はなじろ》んだ顔になったらしい。彼は未だに、交渉による両軍の撤退の道を模索しているのだ。部下たちが次々に、自分の手腕を疑うも同然の所業に出れば、面白かろうはずもない。だが彼も、部下たちが私費で何をしようと、エンレイズ軍の不利益にならぬ限り、それを止める術《すべ》はないのだ。

　傭兵隊が雇われたことによって、兵士たちは間接的な恩恵を受けた。ストリーを経由してきた傭兵たちは、移動のついでに、兵士たちの食料を護衛してきたのだ。お陰で兵士たちは、数日振りに、満腹するまで食べられることとなった。

そしてシャリースは、旧友に再会した。新たに到着した傭兵隊の中に、バンダル・ルアインが交じっていたのだ。

黒い軍服の上に、濃い青色のマントを纏《まと》った彼らは、到着したその足で、バンダル・アード＝ケナードのところへやって来た。冷えた身体を手っ取り早く温めるためには、自分で火を起こすより、既に燃えている知り合いの火を借りるほうが簡単だ。

バンダル・ルアインの隊長は、中年の、物静かな男だ。しかし、日に焼けた頬には目立つ傷痕《きずあと》があり、その穏やかな風貌《ふうぼう》に凄味《すごみ》を与えている。

「よう、テレス」

濃青のマントの群れの中から、シャリースは彼を見つけた。火の側《そば》から立ち上がる。

「あんたまで駆り出されて来るとはな」

テレスは片手で、待機中のガルヴァ軍を指した。

「あの連中を、正規軍の連中と、バンダル・アード＝ケナードだけでどうにか出来るとは思えなくてね」

「そいつは何ともご親切なことで」

わざとらしい恭《うやうや》しさで、シャリースは会釈《えしゃく》してみせた。テレスと肩を並べて、ガルヴァ陣営を眺める。

「あっちにも段々、灰色の奴らが増えてきてるぜ」

灰色の軍服を身に纏っているのは、ガルヴァ軍の傭兵たちである。

ガルヴァ正規軍の臙脂《えんじ》色の軍服の中にあると、彼らの存在は容易に見分けることが出来る。シャリースらにとっては、頭の痛い事態だ。ガルヴァの傭兵たちは、正規軍の兵士よりもはるかに優秀だ。出来れば、まともにぶつかりたくはない相手なのだ。

テレスは無感動にうなずいた。

「戦況はいよいよ困難、というわけだ――どっちにとってもな」

そして、年下の傭兵隊長へ顔を向ける。

「……ところで、ここでは一体、何が起こってるんだ？」

どうやらバンダル・ルアインは、雇い主の説明を受けてもなお、完全には納得せぬままここまでやって来たらしい。その気持ちは、シャリースにもよく判った。実際に己の目で見なければ、この状況の馬鹿馬鹿《ばかばか》しさは伝わらないに違いない。

シャリースは、テレスと共に火の側に座り直し、現状について、知っている限りのことを教えてやった。バンダル・ルアインの傭兵たち数人も、シャリースの説明に耳を傾けている。

残りの者たちは、互いについての情報交換に忙しい。エルディルは、バンダル・ルアインの傭兵たちを嗅ぎ回っている。悲鳴を上げる者はいない。彼らは既に、白い狼《おおかみ》の存在に慣れている。何人かは、手を伸ばして、彼女の頭を撫《な》でさえした。

火に当たり、両手を擦り合わせながら、テレスは黙って、現況を把握《はあく》しようと努めた。

「――つまり」

シャリースが言葉を切ったのを見計らって、口を開く。

「ケネットの交渉とやらがうまく運べば、俺たちは、擦《す》り傷一つ負わずに、ここから出て行けるわけだ」

シャリースは肩をすくめた。

「まあな。楽な仕事だ」

その顔には、皮肉な笑みが浮かんでいる。引っかかるものを汲《く》み取り、テレスは改めて、シャリースの青灰色《せいかいしょく》の目を見やった。

「何かあったのか？」

シャリースは唇の端を下げた。

「――実は、一人欠けた」

この言葉に、テレスは目を眇めた。

「誰か死んだのか」

溜息を吐いて、シャリースは炎《ほのお》の中へ目を向けた。

「いや、死んではいない。アランデイルだ。追放した」

苦い口調で、シャリースは、アランデイル追放のいきさつを語った。テレスはもちろん、彼の部下たちも、アランデイルの不始末について熱心に聞き入った。アランデイルは良くも悪くも目立つ存在で、彼らの関心を掻き立てたのだ。

「……災難だったな」

テレスは慰《なぐさ》めを口にした。だが珍しく、その表情にも動揺《どうよう》が表れている。

彼もまた、アランデイルがどんな男であるかを知っていた。そして、アランデイルほど美男でないとしても、自分の部下に、同じようなことを引き起こしかねない男が幾人かいるのも承知している。この不祥事は、彼にとっても決して他人事《ひとごと》ではないのだ。

シャリースは続けた。

「あいつに関して言えば、自業自得だ。あの女癖の悪さじゃ、いつかまずいことになるんじゃないかとは思ってたさ。だが、よりにもよって、こんなときだ」

ガルヴォの軍勢を指し示す。

「そりゃあ、あいつの素行は褒《ほ》められたもんじゃなかったが、兵隊としては、それなりに使える奴だったんだ」

「……」

もはや言葉もなく、テレスは黙って、シャリースの肩に手を置いた。

両陣営のちょうど中間で、ケネットは、ガルヴォの代表者と会った。

彼は副官のビーストンと、護衛の兵士を二人伴っている。交渉相手もまた、三人の護衛を連れてきている。随伴は三人だけというのが、交渉に当たっての、両者の決まりごとだった。彼らの会合場所は、遮《さえぎ》るものの何もない枯れ草の平原で、どちらかが協定に違反すれば、一目で判る。

ガルヴォの代表者はビジュという名で、おどおどとした態度の、小太りな男だった。

外見は、軍人というより、地方の小役人といった風情である。実際彼は軍人ではなく、政治家なのだという。だが、ケネットの知るところでは、ガルヴォ国王の宮廷では、それなりの地位に就いているらしい。護衛として連れているのは、正規軍の兵士ではなく、灰色の軍服を纏った傭兵だった。政治家である彼には、正規軍の兵士をうまく扱うことが出来ないのかもしれないと、ケネットはそう推察《すいさつ》していた。

ビジュは、殆《ほとん》ど訛《なま》りのないエンレイズ語を巧《たく》みに操る男で、それは、両者の時間を節約するのに大いに役に立った。吹きさらしの場所で、通訳を介した長々しいやり取りをせずに済む。だが、彼らのやり取りは短縮されても、ビジュとガルヴォ宮廷との距離までもが縮むわけではない。

ビジュは決定権を持っていない。人質を見捨てるべきか、救い出すべきか、また、救い出すためにどこまで譲歩するのか、それを決めるのは彼ではなく、ガルヴォの宮廷なのだ。彼は毎日ケネットと顔を合わせ、宮廷へその様子を報告し、指示を待っている。しかし宮廷では、人質となった男をどうすべきか、判断が割れているという。そのために、両軍はここに釘付けとなったまま、無為《むい》の時を過ごしているのである。

とはいえ、ビジュが、人質の身の安全を気遣っているのは、間違いのない事実だった。

「あの方はお元気でしょうか？」

ケネットと顔を合わせるたび、ビジュは必ずそう尋ねる。もちろん、それは彼の義務の一つだ。だが、そう尋ねる彼の顔には、いつも不安げな色が浮かぶ。彼と人質とは、個人的にも親しい間柄《あいだがら》なのだということを、ケネットは理解していた。ビジュが交渉役に任じられたのは、それが理由なのかもしれない。

それに対するケネットの答えは、いつも同じだ。

「元気ですとも——捕虜《ほりょ》にしては」

それは、嘘《うそ》でも気休めでもない。捕虜として捕らえたのは三十代の半ばで、小柄な身体一杯に力が満ちているような男だった。戦闘の際に負った怪我は浅く、今では殆ど痛みもないらしい。まず初めに食事に文句をつけ、天幕の中は飽きたと言い出し、一日二回の散歩を要求しさえした。天幕から出ることは許されないと聞かされるや、ガルヴォ語の判る話し相手を寄越せと喚《わめ》き出した。本人の主張を信じるならば、捕虜はガルヴォ語しか話せず、言葉の通じぬ者たちの中に留められていると、気が狂いそうになるのだという。

ケネットは、ガルヴォ語の通訳として軍に随行していた男を、話し相手として、捕虜の元に差し向けた。もちろん、捕虜の口から有益な情報が語られれば、すべてケネットに報告されることとなっている。しかし今のところ、捕虜の口から聞き出せたのは、通訳の使うガルヴォ語は少しばかり古めかしいということと、通訳の男は、話し相手としては退屈極まりない、ということだけだ。

この日、ビジュは、固い決意に顎《あご》を強張らせていた。

「今日こそは、あの方に会わせていただきたい」

彼は言い張った。

「彼が捕虜になって以来、私は一度も、あの方の姿を目にしておりません。これまでずっと、あなたの言葉を信じて参りました。しかしそろそろ、私を信用してくださってもいいのではありませんか？　私はただ、あの方の無事を、この目で確かめたいだけなのです」

ケネットは脂肪《しぼう》のついた顎を撫でながら、相手の求めを検討した。確かに、この交渉相手は、これまでずっと、辛抱強くケネットに接してきた。ここでひとつ、恩を売っておいてもいいのではないだろうか。

それに、捕虜が実は死んでいるのではないかという疑惑がガルヴォ軍内に持ち上がれば、交渉が決裂しかねない。

「——もし私が、あなたをも捕虜にしたら、どうするおつもりで？」

戯れに訊《き》いてみると、ビジュは声を立てずに笑った。

「そうなると、あなたは交渉役を失い、さらに長い時間を待たねばならなくなるでしょう。それに私には、人質としての価値は無い——少なくとも、軍の連中にとってはね。私がエンレイズ軍に拘束されたと聞けば、彼らは祝杯を上げるでしょうな。もしかすると、そのままここへ雪崩《なだ》れ込み、あなた方の仕業を装って、私を殺そうとするかもしれません。戦場で起こった不祥事はすべて、エンレイズ軍のせいにされますからな」

ビジュの言葉には、説得力があった。エンレイズでも、政治家と軍人の対立は、珍しくない。

何より、一つの事実が、ケネットの決断を後押しした。

この捕虜の存在を、ケネットは、宮廷へ報告していなかったのだ。

この事実は、腹心のビーストンしか知らない。もちろん、重大な軍規違反だ。上層部に漏れることがあれば、ただでは済まないだろう。

だがこの場を有利に収め、ガルヴォ勢を撤退させることが出来るのであれば、危険を冒す価値は十分にある。自軍を傷付けずして敵を追い払ったという手柄を立てれば、彼は輝かしい栄光を手にすることになるのだ。

肩越しにちらりと副官を見やると、ビーストンも小さくうなずき返してきた。ケネットはガルヴォ人へ向き直った。

「よろしいでしょう」

厳《おごそ》かに言い渡す。

「ただし、彼に触れてはなりません。それからあなたの部下に、武器には決して手を掛けぬよう命じてください。穏便に済ませたいのです」

ビジュはうなずき、ガルヴォ語で、三人の連れにケネットの言葉を伝えた。ケネットのガルヴォ語の知識は中途半端なものにすぎなかったが、少なくとも、ビジュが、自分の言葉を繰り返しただけだということは理解できた。

三人の傭兵は、顔色一つ変えなかった。もしかしたら彼らはエンレイズ語を理解し、これまでのやり取りをすべて承知していたのかもしれない。

あるいは、と、捕虜の天幕へ向かいながら、ケネットは、別の可能性に思い至った。ビジュが何を命じようと、傭兵たちには、それを聞く気がないのかもしれない。

ケネットの案内で、彼らはゆっくりと、捕虜が捕らえられている天幕へ向かった。

エンレイズ軍の兵士たちは、興味津々《しんしん》の顔で、敵兵の訪問を見守った。その視線を意識しながら、ケネットは傲然《ごうぜん》と胸を反《そ》らして歩いた。この場の支配権は自分が握っているのだと、部下たちに見せつけておかなければならなかった。周囲をこれだけの味方に囲まれていれば、たとえガルヴォの傭兵がすぐ側にいたとしても恐ろしくはない。

捕虜の護衛についていた兵士は、総司令官の連れてきた客に目を丸くした。ビーストンがまず天幕の中に入り、しばしの後、ビジュを呼んだ。

ケネットはビジュの先に立って天幕に入った。

捕虜は、椅子に座らされていた。ビーストンがその背後に立ち、捕虜を監視している。天幕の中には兵士三人と、通訳も揃《そろ》っていた。

ビジュについてきた三人は、入口の側に留められた。いずれも言いつけを守って、両手を脇に垂《た》らしたままだ。

天幕の中にいる全員に見守られながら、ビジュは、離れた場所に置かれた椅子に腰を下ろした。捕虜とは、互いに手を伸ばしても届かぬ距離だ。

捕虜とビジュは、まじまじと相手の顔を見つめた。それだけで、かなりの時間を要した。苛立ちを覚えたケネットが口を開きかけたとき、ビジュは、ようやく言葉を発した。

「大丈夫ですか？」

ガルヴォ語で問いかける。

「ああ、何とかな」

捕虜は応じた。通訳が神妙な顔でそのやり取りに耳を傾けているのを、ケネットは横目で確認した。

「──君のほうが、参っているような顔だな」

捕虜の言葉に、ビジュは眉を吊り上げる。

「あなたがこんなことになったというのに、私が平静でいられるとでも⁉」

相手はうなずいた。

「そうだろうな。宮廷から、何か言って寄越したか？」

ビジュはエンレイズ人たちの顔を見回し、そして、観念したように、長い溜息を吐いた。

「……あなたが捕虜に取られたことで、内輪揉《も》めが起きております」

馬鹿にしたように、捕虜は鼻で笑った。


「つまり、私に、帰ってきて欲しくない者がいるわけだ。その名前を、わざわざ言ってもらう必要はないぞ、ビジュ。私にも判っている」

「……」

ビジュは唇を引き結んだ。捕虜は両手の指を組み合わせ、前屈《まえかが》みに、膝《ひざ》の上へ肘《ひじ》をついた。ビーストンが警戒して身を乗り出したが、捕虜はそれ以上動こうとはしない。

彼は真っ直ぐに、政治家の顔を見つめた。

「君にとっても、まずい状況だな」

ビジュの喉仏《のどぼとけ》が、ゆっくりと上下する。

「私は──殺されるかもしれません」

捕虜は目線で、入口近くに立つ、灰色の軍服を着た男たちを指した。

「それで、傭兵を雇ったのか？」

「私を臆病者《おくびょうもの》だと思われるかもしれませんが……」

弁解しかけたビジュを、捕虜は、片手で押し止《とど》めた。

「いや、君は賢明《けんめい》だ。私自身が生き延びるためにも、君には、生きていてもらわなければならない」

「もう、それくらいでいいでしょう」

ケネットが口を挟んだ。

「私が捕虜を丁重に扱っていることについては、十分ご納得いただけたはずですからな」

捕虜と政治家の話の内容は、半分ほどしか理解できなかったが、話題が傭兵に及んだのは判った。だが、傭兵たちはあくまでも無表情だ。それが、ケネットの不安を煽ったのだ。

ケネットに促《うなが》され、ビジュは立ち上がった。捕虜へ一礼して、天幕から出ていく。彼の随員も、何も言わずにその後ろへ付き従う。

捕虜の天幕から出ていくガルヴォ人たちは、来たとき以上に、エンレイズ兵たちの注目を集めた。

その中には、シャリースとテレスもいた。ガルヴォ人たちが捕虜との面会にやって来たと聞いて、見物に出向いてきたのだ。

徒歩で遠ざかっていくガルヴォ人の姿を、彼らは、他の兵士たちと一緒に眺めた。

「たとえたった三人しかいなくても、あの軍服を見ると嫌な気分になるな」

シャリースの呟きに、テレスもうなずいた。二人とも、ガルヴォの傭兵隊には、痛い目に遭《あ》わされた経験がある。一筋縄ではいかぬ相手だ。

シャリースは、捕虜の天幕へと目を向けた。天幕の周囲では、相変わらず厳しい警戒が続いている。

「——それで、あの捕虜は誰だと思う？」

「生憎、ガルヴォ人に知り合いはいない」

テレスの口調は素っ気ない。

「あいつの正体が何であれ、あそこに大人しく収まっていてくれる限り、俺たちは楽に金を稼《かせ》げる。おまえがそう言ったんだぞ、シャリース」

「ああ、だが俺は、好奇心が強くてね」

しゃあしゃあと応えるシャリースに、テレスは鼻を鳴らした。

「何を企《たくら》んでる」

「何も企んでなんかいない」

シャリースはにやりと笑った。そう言えば、相手の猜疑心《さいぎしん》を掻き立てるのは承知の上だ。案の定、胡《う》乱《ろん》な目つきになったテレスへ、肩をすくめてみせる。

「ただ、目と鼻の先に敵が群れてるような場所じゃあ、心の底から寛《くつろ》げやしないってことだ。こんなこと、長く続けてはいられないぜ。あの捕虜の正体が判れば、どうすればいいのかを、ケネットの奴に教えてやれるかもしれないじゃないか」

「ケネットが、それを素直に聞くとは思えないがな」

「そりゃあ、ケネットは、俺が何を言おうと聞きやしないだろう」

シャリースは認めた。

「だがもし、奴にとって都合のいいことを俺が耳元で囁《ささや》いてやったら、自分で考えついたふりくらいは出来るだろうよ」

目を眇めて、テレスは年下の傭兵隊長を見やった。

「どうやらおまえは、この仕事を早く終わらせたがっているようだな」

シャリースは、それを否定しなかった。


シャリースとテレスが三人のガルヴォの傭兵を眺めていたとき、このガルヴォ人たちも、エンレイズの傭兵隊長に目を留めていた。

ビジュを味方の陣営に送り届け、護衛役を仲間に引き継いでから、彼らはその事実を上官に報告した。

「バンダル・アード＝ケナードがいます」

その声音は、自然、苦いものになった。

「ジア・シャリースは、悪運強く生き延びているようです。確かにあの男です」

「――そうか」

ビジュの雇った傭兵隊の隊長は、フォルサスという名の男である。中背で痩《や》せており、茶色い髪は半分白くなっている。その眼差しは暗く険《けわ》しい。

戦場では、エンレイズ軍の傭兵隊と接触することもままある。だが、雇い主から特に命じられていなければ、普通、傭兵同士が剣を交える事態には至らない。彼らの剣は売り物だ。そしてお互い、相手が手強《てごわ》い敵であることを承知している。その必要がないときに、無為に消耗するような真似は避けるのが、暗黙の了解となっている。

そのため、同じ相手と、何度も顔を合わせることもある。

バンダル・アード゠ケナードのジア・シャリースも、そんな敵の一人だった。若いが策略家で、腹立たしいことに、フォルサスほどの古兵《ふるつわもの》も、煮え湯を飲まされたことがある。

もっとも、シャリースもまた、フォルサスに出し抜かれたことを覚えているだろう。彼らが最後に会ったとき、バンダル・アード゠ケナードが警護していた男を、フォルサスは、その鼻先で攫《さら》ってみせたのだ。

彼の右腕であるトルクスは、黒い無精髭《ぶしょうひげ》の出た顎を擦《さす》っている。彼は行き掛かり上、シャリースと連れの男を、何日も尾行したことがあった。シャリースたちが有能であることは、彼も認めている。だが彼は、自分たちが劣っているとも思っていなかった。

フォルサスとトルクスは、一つの火に当たっていた。ビジュの警護についている者以外、全員が、彼らの反応を窺っている。フォルサスは厳しい上官で、部下たちと親しく交わろうとはしなかった。だが彼らからは厚い信頼を寄せられている。

先に口を開いたのは、トルクスだった。

「……少なくとも今回は、奴らと利害が対立することはなさそうだ」

彼らは、ビジュの身を守ること、それだけのために雇われている。そして、ビジュは軍人ではない。もしエンレイズ軍との戦闘が勃発《ぼっぱつ》すれば、ビジュは後方に下がることが許される。護衛としての仕事は、ビジュの首根っこを掴んででも、戦いの場から出来る限り遠くへ逃れることだ。そうなればバンダル・アード＝ケナードとは、顔を合わせる機会もないだろう。

しかし、フォルサスの眉間には、深い皺が刻まれている。

「今のところは、そういうことだな」

「……」

隊長の意味深な言葉に、部下たちは沈黙する。

ビジュに雇われたときのことを、フォルサスは思い出していた。彼らはまだガルヴォの首都にいた。

フォルサスは、この政治家の自宅へ呼び出されたのだ。

「私を守ってくれ」

ビジュは、フォルサスにそう言った。怯《おび》えている様子で、その口調には懇願《こんがん》の響きがあった。

だが傭兵隊長は冷ややかに、低姿勢な相手を見返した。

「何から守ればいい？」

ビジュは両手を振り回した。

「あらゆるものからだ！」

焦《あせ》りと苛立ちが、その仕草に表れている。フォルサスはかぶりを振った。

「私には、どうすればいいのか見当もつかん」

啞然として、ビジュは傭兵隊長を見つめた。

「だが――君は、そういうことも引き受けると聞いたぞ。戦うのが仕事だろう？」

「そうだ」

フォルサスは片眉を上げてみせた。

「しかし、あんたが性質《たち》の悪い風邪を引いたり、女房に怒鳴《どな》りつけられたりしたとしても、俺たちにはどうすることも出来ない」

「……」

「身の危険を感じているのなら、その内容を詳しく、具体的に聞かせてもらおう。そうでなければ、引き受けるかどうかは決められない」

淡々とした言葉に、ビジュはようやく、少しだけ気を落ち着けた。そして、政敵から暗殺される恐れを、傭兵隊長に打ち明けたのだ。

ガルヴァでは、政治家同士の殺し合いは珍しくない。フォルサスも、条件さえ折り合えば暗殺に携《たずさ》わることがある。

ひとたび標的とされれば、暗殺者を遠ざけておくことは難しい。家に閉じ籠《こも》り、優秀な護衛を雇ってその指示に忠実に従っていれば、生き長らえることは出来るだろう。だが実際には、そんな生活を続けられる者はいない。たとえ続けられる者がいたとしても、それは、本当に生きているとは言えない。

そしてガルヴァの政治家には、自宅に閉じ籠るなどという自由は許されていない。

己の義務を怠《おこた》る者に対し、ガルヴァ国王は寛容ではない。法律も同じだ。暗殺を恐れているなどという理由で宮廷に姿を現さぬ者は、国王に対する忠節を疑われる。そして国王はそのような不心得者に対し、直ちに、断頭台に上れと命じることが出来る。

ビジュは国王から、国境へ赴《おもむ》くように命じられていた。

これは、彼にとっては大いなる試練だった。政治家は、軍人に好かれない。ましてやビジュは、軍に掛かる予算を減らすべきだと主張する一派に属している。国王が彼に望むのは、最前線にいる兵士たちの様子を視察し、削《けず》るべき予算の内容を検証することだ。しかし政敵の雇った暗殺者が兵士たちの間に紛《まぎ》れ込めば、彼は簡単に命を奪われ、犯人が捕まることはないだろう。

フォルサスは仕事を請けた。

今のところ、彼らは務めを果たしている。あれからビジュは、いついかなるときにも、彼や彼の部下に張りつかれ、生き延びている。

だがだからといって、暗殺者が諦《あきら》めるわけではない。

エンレイズの傭兵の存在は、事態の混乱を招きかねなかった。フォルサスはそれが気に入らなかった。うまくいくはずのことが、彼らによって滅茶苦茶にされた例は、過去に幾らでもある。

　この先に横たわる困難を予想し、彼はますます、眉間の皺を深めた。

3

ヴァルベイドは、ストリーの町の中心部にある、贅沢《ぜいたく》な造りの邸宅を訪れた。

これが、二ヶ月前に死んだミラスティンの自宅で、同時に、彼の殺害現場でもある。ミラスティンは夜半、書斎で毒殺されたのだ。その翌朝に、召使い頭《がしら》のサンテルという男が、主人の死体を発見した。ミラスティンは、目を大きく見開いたままこと切れていた。絨毯《じゅうたん》には、苦し紛《まぎ》れに掻《か》きむしったと思われる、深い爪痕《つめあと》が残されていたという。

来客用のテーブルの上には、二つのゴブレットが置き去りにされていた。そしてそのうちの一つから、ミラスティンを殺した毒が発見された。

しかし、残る一つのゴブレットを使ったのが誰なのか、それはまだ判っていない。

役人たちの見立てによると、最有力の容疑者は、ミラスティン同様、ストリーに根を張っている、コニガンという貴族だ。彼こそ、ミラスティンの後釜《あとがま》に座った男、ミラスティンの死によって、最大の利益を得た男だ。

彼はかつて、軍との取り引きを巡り、ミラスティンと争ったことがある。結果、彼は敗れ、ミラスティンがその地位に就いたのだが、コニガンはそれに対する不満を隠さなかった。いつかミラスティンを殺してやると、そう息巻いていたのを、何人もが聞いている。

その一件は、もう、十年以上前の話だ。しかしミラスティンの死後、コニガンは直ちに、そして当然のような顔で、彼の仕事を引き継いだ。異を唱える者はいなかった。コニガンには伯爵《はくしゃく》の称号と、十分すぎる資産、そして、ストリーきっての古い家柄《いえがら》の出であるという強みがある。ミラスティン亡き後、ストリーには、コニガンと肩を並べる権力者は存在しなかったのだ。

そしてその事実が、役人たちの疑惑を掻き立て、また、調べを妨げている。

事件のあった夜、ミラスティンは、念入りに人払いをしたという事実が知られている。明らかに彼は、秘密の訪問客を待ち受けていた。それが何者であったのかを、役人たちは突き止められなかった。

もしかしたら、コニガン本人であったかもしれない。ミラスティンとコニガンの間で、何らかの後ろ暗い取り引きがあった可能性もある。

そしてコニガンは、取り引きの場に、毒薬を用意して赴《おもむ》いたかもしれない。

それはあくまでも仮説の一つにすぎないが、その仮説を否定する証拠や証言は一つもない。コニガンはその夜、一人きりで、自宅の書斎に籠《こも》っていたという。誰も彼の姿を見ていない。

とはいえ、それだけのことでコニガンほどの大物を拘束すれば、自分の首が飛ぶことになるということを、役人たちは承知している。コニガンは最初から非協力的で、役人の質問に時間を割くことを拒んだ。その上、役人の目の前で、ミラスティンの殺害者を褒《ほ》め称えてみせさえしたのだ。

「犯人が見つかったら、私に知らせてくれ。是非とも礼がしたいからな」

彼は役人へ、そう言い放ったという。

ヴァルベイドはミラスティンの邸宅へ、医者として訪れた。

ミラスティンの未亡人は、事件以来寝ついている。ヴァルベイドは、町の商人の紹介で、彼女の診察をすることになった。既に数人の医者が彼女を診ていたが、彼女をベッドから連れ出すことは出来ていない。周囲の者たちはそれを心配し、新しい医者を呼び入れたのだ。

ヴァルベイドを迎え入れたのは、初老の、陰鬱《いんうつ》な顔つきの男だった。

「奥様がお待ちでございます」

落ち着き払った口調だった。ヴァルベイドに値踏みするような一瞥《いちべつ》を投げ、すぐに目を逸《そ》らす。

「こちらでございます」

先に立って歩き出した男の後について、ヴァルベイドは家の中へと入った。大きな窓からは陽光が明るく差し込み、贅沢な調度が光り輝いているように見える。何もかもがきちんと整頓《せいとん》され、掃除も行き届いていた。優秀な召使い頭がいるのだ。

「――もしかして、君が、サンテルか？　ミラスティン殿の遺体を発見した……」

ヴァルベイドの問いに、相手は、振り返りもしなかった。

「さようにございます」

返事は平静そのもので、取りつく島もない。ヴァルベイドは食い下がった。

「君が発見したとき、ミラスティン殿のご遺体は、もう冷たくなっていたのか？」

事件を調査する上で、それは確かめておかねばならないことの一つだった。この質問ならば、医者としての好奇心から出たものだと、装うのも簡単だ。

しかし、答えは得られなかった。

「記憶にございません」

野次馬の、興味本位の質問にはもううんざりしたと、そんな響きが、サンテルの声には混じっている。実際事件直後には、あらゆる人間から、面白半分の質問を浴びせられたのだろう。

次の質問を考える暇をヴァルベイドに与えず、サンテルは立ち止まった。目の前の扉をそっと叩く。

「奥様、お医者様がいらっしゃいました」

中から聞こえてきたか細い声が何を言ったのか、ヴァルベイドには聞き取れなかった。しかしサンテルは扉を開け、身を引いてヴァルベイドを通した。ヴァルベイドが室内に足を踏み入れると、すぐに扉を閉めてしまう。

広い寝室だった。土足で上を歩くのが躊躇《ためら》われるような、白い絨毯が敷かれている。大きなベッドに掛けられたシーツや毛布も、白だった。

ベッドに横たわった女性の長い金髪が、美しい細工物のように、枕の上に広がっている。

ミラスティンの未亡人は、四十代の半ばほどに見えた。美しさの名残《なごり》を留めた顔立ちには、色濃い疲労が漂《ただよ》っている。物憂《ものう》げな眼差《まなざ》しが、ヴァルベイドを捉える。

ベッドの傍《かたわ》らでは、話し相手を務めていたらしい十五、六の少女が、興味津々《しんしん》といった顔で、ヴァルベイドを観察していた。身なりからして、使用人のようだ。彼女のほうは女主人と違い、健康そのものといった顔つきだった。嬉しげな表情からするに、新しいことが起こるのを待ち望んでいた様子である。

ヴァルベイドは女主人に自己紹介し、ベッドの傍らに椅子を与えられた。

「宮廷へ行ったことがおあり？」

ヴァルベイドが診察を始めるのを待たず、未亡人はだしぬけにそう尋ねた。ヴァルベイドは彼女の細い手首を取り、脈を探った。

「ええ、あります。軍医として軍隊と共に移動していると、時々、宮廷の辺りをうろつく機会に恵まれるのですよ」

「まあ」

初めて、未亡人の目に、微《かす》かな生気の光が宿った。

「是非とも宮廷のお話を聞かせていただかなくては。私はもう何年も、宮廷に上がっていないんですもの」

「お元気になられれば、国王陛下があなたを招いてくださるでしょう」

ヴァルベイドは彼女の脈に集中しながら言った。

「あなたの御主人は、軍に大きな功績を残された方でしたから」

診察を続けながら、ヴァルベイドは、知る限り最も新しい、宮廷の噂話《うわさばなし》を聞かせてやった。それは何より、彼女を喜ばせたようだった。特に、とある子爵夫人の不倫問題について、彼女は並々ならぬ興味を示した。自分が最後に宮廷に上がったとき、その子爵夫人とは数回言葉を交わしたことがあるのだという。ベッドの向こう側から、少女も目を輝かせて、その話に聞き入っている。

ヴァルベイドの見たところ、未亡人は、特にこれといった病気ではない。

気が塞《ふさ》いでいるようだが、夫を毒殺されて間が無いとなれば、それも当然のことだろう。しっかりとした食事を摂《と》り、日光に当たれば、気分も良くなるはずだ。食欲がないのだと彼女は訴える。ならばまず、食欲を甦《よみがえ》らせるために、何か気晴らしを考えたほうがいいだろう。

宮廷の噂話は、その一助になっているようだった。一通りの診察を終えたヴァルベイドは、椅子に座り直し、未亡人を喜ばせるべく話を続けた。宮廷で囁《ささや》かれる醜聞《しゅうぶん》の数々は、半分以上が憶測にすぎず、当事者以外にはさしたる不利益も発生しない。そんな実のない話を、ヴァルベイドはこういうときのために数限りなく仕入れている。

次第に、未亡人は打ち解けてきた。幾度か、笑みを見せさえした。

頃合いを見計らって、ヴァルベイドは、用心深く切り出した。

「お身体の具合が思わしくないのは、御主人の一件があったからだと、私はそう思いますね。あれから、何か判ったことはありますか?」

「いいえ」

未亡人は力なくかぶりを振った。

「色々な人にあれこれ訊《き》かれて、私、一生懸命お話ししたんですよ。でも、私は全然お役に立てなくて。皆さん、手を尽くして調べてくださっているでしょうけど——」

「もちろん、調べていますとも。何と言っても、御主人は有力者でしたから」

ヴァルベイドが優しく言うと、彼女は目元を拭《ぬぐ》った。

「――私、あの日は出掛けていたんです」

　事件以降、幾度となく繰り返したであろう言葉を、彼女はヴァルベイドにも教えてくれた。

「普段はそんなことはめったにないのに、夫が亡くなったその日に限って、お友達の家に泊まって……。もし家にいれば、夫を助けられたかもしれないのに」

　無意識のように、片手が、少女のほうへと伸ばされる。少女はその細い手を、両手でしっかりと握り締めた。

「でも奥様、出掛けるようにとおっしゃったのは、旦那様だったじゃありませんか」

　未亡人が少女へ、縋《すが》るような眼差しを向ける。

「ええ……それはそうだけど……」

　彼女は罪悪感に駆られ、許しを求めている。少女が素早く投げ掛けてきた眼差しから、ヴァルベイドもそれを読み取った。

「では、あなたが責任を感じることはありませんよ。御主人は、あなたにも誰にも、訪問客の正体を明かしたくなかったらしい」

「そうですよ。ランプ様でさえ、追い払われたのですよ」

　少女が励ますように言い添える。未亡人は涙ぐみながらうなずいたが、ヴァルベイドは、その名を聞き咎《とが》めた。

「ランプというのは……」

「旦那様の下で働いてらした方です」

　少女は説明した。

「私あの日、奥様のお出掛けのお支度のために、あちこち走り回っていたんです。そのとき、書斎のほうにランプ様がいらして、旦那様と、書類がどうのという話をなさってたのを見かけたんですよ。でも旦那様はすぐに、ランプ様を追い返してしまわれて……」

　ヴァルベイドは顎《あご》を撫《な》でた。

「ランプ様はそのとき、書斎の中へ？」

「ええ、いつもそうですわ。あの方は旦那様の右腕でしたもの」

「ランプ様は、家族も同様ですのよ」

未亡人が言う。

「少なくとも、夫にとっては。ランプ様は宮廷に、夫とは別の伝手《つて》をお持ちで、二人で協力して、軍の物資を調達しておりました。私には、夫の仕事のことは何も判りませんでしたけど、ランプ様が、なくてはならない人だったのは存じてましたわ」

「そのランプ様をも、早々に追い出されたということは」

未亡人と少女を、ヴァルベイドは交互に見やった。

「その日ミラスティン殿は、相当神経質になっておられた様子ですな」

「そう思います」

少女がうなずいてみせる。未亡人は額《ひたい》に手を押し当てた。

「……でも、その理由が、まるで判りませんの」

ヴァルベイドは、打ちひしがれた様子の未亡人を見つめた。

「ところで、失礼ですが、あなたは、ご自分の財産をお持ちですか？　これは、医者としてお尋ねしていることです」

この問いに、未亡人は虚《きょ》を衝《つ》かれた。目を瞬《しばたた》き、ヴァルベイドをまじまじと見つめ返す。

「ええ、まあ……」

「では、それを少々お使いになるとよろしいでしょう。新しいドレス、髪飾り、指輪——何でもお好きなものを買って、それを身に着け、外出するんです。私が薬を差し上げるより、そのほうが、あなたの健康のためになるはずです」

未亡人はぽかんとしたままだが、少女が歓声を上げた。

「そうですわ、奥様。私もお供いたします」

「実は最近、私の知り合いが、トレンストの店で働き始めまして」

ヴァルベイドは続けた。

「トレンストの店はご存じですね？　まずは私の知り合いに、あなたのお気に召すようなものを、運んで来てもらうことも出来ます。まめな男ですから、あなたのご意向に添うよう、せっせと励んでくれるはずです。よろしければ、彼に伝えておきますが」

未亡人が、おろおろと少女を見やる。少女のほうは、面白がっているかのような眼差しで、医者を眺めている。

「まるで先生こそ、トレンストに雇われているようですわ。トレンストから幾ら受け取ったんですか？」

少女の穿《うが》った見方に、ヴァルベイドは苦笑した。

「いや、トレンストという人物には、実のところ会ったことはありません。しかし、彼の店が、婦人物を扱う店としては町一番だという評判は聞きました。そこで昔の知り合いが働き始めたのは単なる偶然ですが、この場合は、幸運だったと思いますね。彼は頭の回る男です。それに、喜んで女性に尽くしますよ。トレンストを丸め込んで、あなた方に安い買い物をさせることくらい、お手の物でしょう」

少女は笑い声を立て、未亡人もにっこりと笑った。ヴァルベイドは、アランデイルをここへ呼ぶ話をまとめ、少女の案内で邸宅から送り出された。

しかし彼の頭にあったのは、事件当日、ランブという男がミラスティンの書斎に入ったという、新たに得たばかりの事実だった。

つまりランブには、当日、ミラスティンのゴブレットに毒を入れる機会があったかもしれないということだ。これは、心に留めておかなければならない。

しかしランブについては、別の場所から情報を得なければならなかった。病人の診察に来た医者が、そんな男の話に興味を抱き、根掘り葉掘り尋ねるわけにはいかない。食い下がれば、彼女たちの口からランブに伝わり、警戒される恐れがある。

「先生」

玄関を一歩出たところで、彼は覚えのある声に呼び止められた。驚いて顔を上げる。

そこに立っていたのは、たった今話題に出たばかりのアランデイルだ。ヴァルベイドは太陽の光を手で避けて、もう一度その顔を確かめた。間違いない。

「……どうしてこんなところに？」

医者の問い掛けに、相手はこともなげに応じる。

「先生がここにいるって聞いたんで、待ってたんですよ」

「誰から聞いた？」

「洗濯場で働いている女の子に」

彼は漠然《ばくぜん》と、裏のほうへ手を振ってみせた。

「店から、届け物に来たんですよ。それで、ちょっとお喋《しゃべ》りしてましして」

「君は、どこへでも入り込むな」

ヴァルベイドはその才能に、心底から感心した。

アランデイルはあっさりと肩をすくめる。

「今は、それも仕事ですからね」

二人は一緒に門を潜《くぐ》り、街路を歩き始めた。

「それで、奥さんの様子は？」

「憔悴《しょうすい》している」

ヴァルベイドは考えながら答えた。

「——実のところ、あの未亡人も容疑者の一人ではある。彼女は、役人たちが家の中を捜索することを拒んだ。だが私の見るところ、彼女は本気で、夫の死を悲しんでいるようだったね。彼女と付き添いの女の子が、幾つか面白い話を聞かせてくれた」

ヴァルベイドはかいつまんで、彼女たちの話をアランデイルに聞かせてやった。そして疑問点を挙げる。

「ミラスティンはあの日、奥方さえも遠ざけていた。何故《なぜ》だろう。彼女は軍の物資の話などには、何の興味も無かったのに」

アランデイルは唇《くちびる》の端で笑った。

「俺が聞いた噂の中には、ミラスティンが自宅に愛人を呼んだんじゃないかって話もありましたよ。でも、俺は違うと思いますね。愛人に会いたければ、奥方を追い出すより、自分が出掛けたほうが手っ取り早い。多分彼は、何かまずいことに首を突っ込んでいたんでしょう。例えば、法に触れるようなことにね」

あっさりと言ってのける。元傭兵《ようへい》の若者は、知りもしない死者に、敬意を払ったりはしない。

「可能性はある」

そう認めて、ヴァルベイドは溜息《ためいき》を吐《つ》いた。

「とにかく、そのお陰で、目撃者が一人も出てこない」

アランデイルはにやりと笑った。

「しかし人間てのは、隠されれば隠されるほど、覗《のぞ》き見したくなる習性を持ってますからね」

意味ありげな物言いに、黒髪の医者は、まじまじと相手を見つめる。

「……その夜ミラスティンが会っていた相手を、誰かが覗き見したということか？」

アランデイルはしかし、かぶりを振った。

「可能性があるってだけの話ですよ」

だがその空色の目には、どこか楽しんでいるような光がある。明らかに、この若者は、ヴァルベイドの知らないことを知っている。

「……誰だ？」

「判りません——今はね」

アランデイルは両手を広げてみせた。

「でも、それが判れば、先生の仕事の助けになるってわけですね。まあ、何とか捜してみましょう」

つまり、捜すべき場所に、心当たりはあるということなのだろう。ヴァルベイドは改めて、この若者を手放さなければならなかったシャリースに同情した。

「頼む」

「となると、ちょっと、先立つものが必要になるかと思うんですが」

アランデイルはわざと、軽薄そうな笑みを作ってみせる。ヴァルベイドは眉《まゆ》を上げた。

「君の笑顔で陥落《かんらく》しない女性がいるのか」

若者の目に、本物の微笑が浮かぶ。

「おだてもらって恐縮ですが、笑顔だけじゃなく、ちょっとした贈り物があれば、女性の口は軽くなるもんですよ」

納得して、ヴァルベイドは財布を取り出した。


二日もすると、赤い髪の若者は、バンダル・アード＝ケナードにも慣れ始めた。

ダルウィンの料理で満腹になり、和《なご》やかな心持ちで傭兵たちと言葉を交わした結果、彼らも同じ人間だということに気付いたらしい。年の近いチェイスやライルと親しくなり、大きな白い狼《おおかみ》が側《そば》に来ても、それほど怖がらなくなった。

スターグがそこにいることで、正規軍の兵士たちも、傭兵隊に気を許すようになってきている。

そもそも古参兵の中には、傭兵たちと付き合いのある者も大勢いる。長い待機の中で、彼らは黒い軍服を着た旧友と顔を合わせ、そのまま同じ火に当たっていくようになった。スターグにつられて、傭兵たちの中に紛れ込む若い兵士も出始め、正規軍と傭兵との境界は、次第に曖昧《あいまい》になってきていた。

今、若者たちは、剣の稽古に励んでいる。スターグに、殆《ほとん》ど剣の心得がないと知って、チェイスが指南役を買って出たのだ。年長者たちに言わせれば、チェイスの剣捌《さば》きは素早いだけで、到底、巧《たく》みだとは言えない。それでも、素人同然《しろうと》のスターグが相手ならば、何かしら教えてやることは出来るだろう。

「調子に乗って、怪我《けが》すんじゃねえぞ！」

当然の心配をして、シャリースは声を掛ける。だが、チェイスのほうは、心配される理由も理解していない。

「判ってますって！」

呑気《のんき》な答えに、傭兵たちは顔を見合わせる。中にはシャリースへ、同情の眼差しを向ける者もいる。

「……ノール」

シャリースは部下の一人を呼び寄せた。ノールはバンダル・アード＝ケナード一の巨漢で、その気になれば、片手で人一人を持ち上げることが出来る腕力の持ち主だ。

「悪いが、あそこの、判ってるって言いながら、何も判ってないガキどもを、見張っててくれないか」

「……ああ」

若者たちの張り切った様子に、ノールは苦笑した。

「スターグがへたばったら、引き離すことにしよう」

「頼むぜ」

シャリースは、ノールの逞《たくま》しい背中を叩いた。

「俺たちがここに何しに来たんだか、チェイスの野郎が、一欠片《ひとかけら》でも覚えてるといいんだが」

ノールは若者たちの見張りに赴いた。座り込んで剣を研《と》いでいたダルウィンが、鋼《はがね》に視線を落としたまま鼻《はな》を鳴らす。

「正直なところ、俺も、ここに何しに来てるんだか忘れそうだぜ。どうにも落ち着かない」

「まったくな」

火の周りをゆっくりと巡りながら、シャリースはガルヴォ陣営を眺めやった。

「……テレスたちが戻ってくれれば、何か判るかもしれねえが」

だが、それも望み薄だと、内心で思ってはいた。バンダル・ルアインは、雇い主の意向で、今朝から敵陣の偵察《ていさつ》に出ている。両陣営の北側へ大きく回り込み、小高い丘の上から、ガルヴォ軍の様子を見てくるのだという。

「雇い主は、我々を遊ばせておきたくないらしい」

出発の際、テレスは、渋《しぶ》い顔でそう言った。

「おまえが羨《うらや》ましいよ」

だが偵察任務も、現時点ではそれほど危険なわけではない。他の二つのバンダルも、少しばかり暇を持て余しているきらいがある。

「――いっそ戦いが始まっちまえば、俺たちは楽になるんだろうな。いい加減、尻が痺《しび》れてくるぜ」

ダルウィンの言葉に、反対する者はいない。

傭兵稼業《かぎょう》では、体力を温存しながら金を稼《かせ》げる機会は滅多にないが、今はまさにその状態だ。しかし目の前に敵の大軍がいるというこの状況では、あまりありがたいという気持ちにならないのも事実である。

ゆっくりと、シャリースは歩き続ける。

「そのためには、ケネットの野郎をどうにかしねえと」

向きを変え、彼は、エンレイズ軍司令官たちの天幕を眺めた。

「――それから、あの、ガルヴォ人の人質もな」

砥石《といし》をしまって剣を鞘《さや》に収め、ダルウィンも立ち上がる。二人はのんびりと、兵士たちの間を抜けて行った。他にも数人が、彼らの後をついてくる。シャリースが何か思いつくのを期待しているのだ。

陣営の一隅《いちぐう》では、一部の正規軍の兵士たちが、訓練の真っ最中だった。指揮しているのはフレイヴンだ。

物資の拠点であるストリーから、食料がようやく円滑に届き始め、兵士たちも力を取り戻しつつあった。恐らくフレイヴンは、それを待っていたのだろう。彼は、満腹した兵士を怠《なま》けさせておくことなど、想像だにしない類《たぐい》の司令官なのだ。

フレイヴンの指揮の下、兵士たちは真剣に、訓練に取り組んでいるようだった。不服があったとしても、顔には出ていない。司令官自らが訓練の只中に身を置いている以上、部下としては黙って付き従うしかないのだ。

フレイヴンの顔つきは厳しい。離れた場所にいる傭兵たちのところにも、彼の怒鳴《どな》り声がはっきりと聞こえてくる。

「おっかねえ司令官だよな」

傭兵の一人が言う。

「俺は最初、正規軍に入ったんだよ。そのときの司令官が、やっぱりあんな、おっかねえ男でさ。毎日、訓練、訓練、訓練で、怒鳴り散らされて、小突かれて、ぶん殴られて、全《まった》く生きた心地がしなかったよ。あの上官にしごかれることを考えたら、ガルヴァ軍なんざ、全然怖くなかったもんな」

「それで、傭兵に鞍《くら》替えした今も生き残ってるんだから、その司令官は、いい上官だったんだろうよ」

別の一人が応じる。シャリースはそれを聞きながら小さく笑った。

「その伝でいくと、フレイヴンも、いい司令官なんだろう――多分な。俺は、正規軍の訓練は受けたことがないが」

「俺たちはガキの頃から、羊や豚を殺すのに慣れてたからな」

ダルウィンが、昔を懐《なつ》かしむ口調になる。シャリースの父が持っていた大きな農場で、彼らは一緒に育った。そこでは大勢の人間が働いており、全員の腹を満たすため、殆ど毎日、家畜が解体されていた。子供たちもしばしば、手伝いに駆り出されたものだ。

「考えてみりゃ、あれで鍛えられてたよな」

「初めて剣を摑《つか》んだ瞬間から、それを使って人を殺すことが出来る者もいる」

メイスレイが口を挟む。

「だが、そういう人間は多くはない。生まれつきの才能がなければ、訓練を積むしかない――死にたくなければな」

一人が、訓練の現場を指す。

「あの野郎は駄目だな。フレイヴンの隣にいる奴。まるでやる気がない」

目を凝《こ》らさずとも、誰のことを言っているのかは、全員がすぐに理解した。

「デイプレイだな」

シャリースが名前を教えてやる。

「あいつはフレイヴンの副官だ。ケネットの親戚だって話だ。総司令官の親戚には、訓練で気を抜いていいという特権でもあるのかもな」

「親戚っていったところで、どう見ても、お気に入りの甥っ子というわけではなさそうだ」

メイスレイが、人の悪い笑みを浮かべる。

「もし少しでも親戚の若いのが可愛いのなら、ケネットは、自分の副官に就けただろう——あんな、厳しい男の下ではなく」

デイプレイのたるんだ動きは、当然、フレイヴンの目にも留まっていたのだろう。フレイヴンが副官の腕を掴む。声を潜《ひそ》めて、何事かを言い聞かせている。その表情からして、褒め言葉でないことは明白だ。

傭兵たちの見守る前で、デイプレイはその場から追い払われた。フレイヴンはすぐさま兵士たちに向き直り、デイプレイは大股に、司令官たちの天幕のほうへと歩いて行く。

「フレイヴンも気の毒に」

ダルウィンは、心底からの同情を示してみせた。

「傭兵隊長にも、副官にも、苛々させられっぱなしだ」

「多分奴は、上官にも腹を立ててる」

シャリースは付け加えた。

「今日もケネットは、ガルヴォ人と実のない会合をして、暇を潰《つぶ》したらしいからな」

それは、正規軍の兵士から、先刻聞いた情報だ。人質は、やはり解放されぬまま、天幕に閉じ込められている。中にいるガルヴォ人の人質は、どんな思いでいるのだろうと、シャリースは想像した。噂によると、人質は、退屈しのぎに話し相手を寄越せと要求したらしい。それくらい肝《きも》の据《す》わった男ならば、逃げ出す算段の一つや二つは、胸の内で温めているかもしれない。

メイスレイは、思案げに顎を撫でている。

「……もし、我々があのガルヴォ人の人質を逃がしてやったら」

　まるでシャリースの心を読んだかのように、彼はそう提案した。

「少なくとも、ここでこれ以上、じりじりと待たされることはなくなるのではないかな」

　半ば自棄《やけ》になったような笑い声が、仲間たちから上がる。

「俺たちがやったってばれたら、まずいぜ」

「ただでさえ俺たち、評判悪いんだからよ」

「人質が自陣に帰り着いた途端、両軍が大激突ってことになるかもしれねえしな」

　口々に言い募《つの》る。メイスレイは平然とそれを受け流した。

「大激突がいつ起こるのか、それを知ってさえいれば、避けることは簡単だ」

「だけど、ここまで長いこと地面にへばりついてたんだ、エンレイズもガルヴァも、急には動けないかもしれないぜ」

　ダルウィンが指摘する。

「あの人質がガルヴァ軍に戻ったとして、その後自分で突撃してくるのなら、話は別かもしれねえがな。まあ、どれだけの数の兵士がついてくるのかは判らねえが」

「それは、あの、天幕に隠されてる男の正体によるんだ」

　しばしの間、シャリースは黙って考え込んでいた。部下たちも口を噤《つぐ》んで、それを見守る。

　やがてシャリースは、部下たちの顔を見回した。

「スターグに、ちょっと仕事をさせてやろうか」

　昼食の煮炊《にた》きが始まる頃、ビジュはエンレイズ軍との短い会合を終えて、ガルヴァ陣営に戻ってきた。

　灰色の軍服を着けた傭兵が、すぐさま彼の四方を囲む。ビジュはそのまま、自身の天幕へ連れ込まれた。天幕も常に、傭兵たちによって守られている。

中では、傭兵隊長が一人で、彼を待っていた。

「これが、さっき届いた」

フォルサスは、封印のある手紙を、雇い主へ渡した。ビジュは黙って、それを受け取った。椅子に腰を下ろすと、用心深い手付きで封を剝《は》がす。

心躍《おど》る内容でなかったことは、手紙を読むビジュの顔つきで、フォルサスにもすぐに判った。しかしビジュも、そしてフォルサスも、宮廷からの手紙に失望することに慣れてしまった。ビジュは手紙を畳んでテーブルの上に置き、フォルサスも、内容については尋ねなかった。

実のところフォルサスは、他に意識を向けるべき問題を抱えていたのだ。

「あんたとここに着いて以来、私は部下に、あんたに関わる全ての人間を見張れと命じてきた」

傭兵隊長はそう切り出した。

「命を狙われているという、あんたの主張を信じるとすれば――」

「信じるとすれば、だと？」

恨めしそうな顔つきで、ビジュがフォルサスを遮《さえぎ》る。

「私が偏執的《へんしつてき》な妄想を抱いているとでも思っていたのか？」

フォルサスは、雇い主の苦情を無視した。

「あんたは、政敵が自分を殺そうとしているのだと言ったな――そう、オルドヴとかいう男だった。だが、オルドヴはここにはいない。オルドヴが誰かを差し向けて、あんたの命を狙っているというのなら、私はそれが誰なのかを知っておきたかった。そうすれば、我々の仕事も、少しはやり易くなるからな」

冷徹な説明に、小太りの政治家は、まじまじと相手の顔を見つめた。ごくりと唾《つば》を飲み込む。

「……何か判ったのか」

「あんたは確かに、誰かに命を狙われているようだ」

淡々と、フォルサスは告げた。

「ここに来たときから、不穏な動きはあった。それは私だけでなく、部下たちも気付いた。あんたの動きを観察し、それをどこかへ報告している兵士が何人かいる」

　それを割り出すのは、実際のところ、楽ではなかった。ビジュの護衛についている者以外の全員が、あらゆる場所に目を配り、不審な動きをする兵士の後をつけ、可能なときには盗み聞きをした。その点においては、ここが町中でなかったのは幸いだった。天幕の中で交わされる会話は、外に漏《も》れることがあるが、これが石造りの家であれば、そうはいかなかっただろう。

　フォルサスは続けた。

「報告は、スルラという男に集められている。まだひよっこの司令官だ。知り合いか？」

　唇を引き結んだまま、ビジュはかぶりを振った。

「名前と顔は知っているが――それだけだ」

「今のところ、あんたの殺害計画は、あまりうまく運んではいない――我々が邪魔をしているせいでな」

　あっさりと、フォルサスは事実を述べる。

「だがどうやらそのことが、外部に報告されているらしい。スルラはしばしば、モウダーへ手紙を出している。誰に宛《あ》てたものかは判らない」

　傭兵隊長は言葉を切り、ビジュが、事態を噛《か》み砕き、理解するのを待った。そして尋ねる。

「あんたは知ってるか、今、オルドヴが、モウダーにいるのかどうかを」

　外は凍《こご》えるような寒さだというのに、ビジュの額には玉のような汗が浮かんでいた。

「……判らない……」

　そして、唇を噛み締める。

「だが、奴は確か、モウダーにも家を持っているはずだ。モウダー人の商人と、取り引き上の都合とかで……」

　フォルサスはうなずいた。

「それなら、オルドヴがモウダーから、あんたの暗殺の指示を下しているのかもしれない。ガルヴォの宮廷にいるより、モウダーにいたほうが、話が早いだろうからな。もしそうなら、これは我々にとっても有利な状況かもしれない」

青ざめた顔で、ビジュは傭兵隊長の険《けわ》しい顔を見つめた。

「……有利とは？」

「もし、オルドヴがモウダーのどこかにいるとすれば、我々にも、オルドヴを暗殺する機会があるということだ。宮廷にいるときより警備も手薄で、追っ手も掛からない」

「……」

沈黙が落ちた。

ビジュはテーブルの上で、拳《こぶし》を握り締めていた。それが微かに震えているのを、フォルサスは目の隅で捉えた。恐らく、傭兵隊長からそんな提案が出されるなどとは、夢にも思っていなかったに違いない。

だが、身を守るためには、防御を固めるだけでなく、攻撃を仕掛けることも一つの手段だ。オルドヴが死ねば、ビジュは、当面の危機から逃れられるのだ。

ビジュの拳が、ゆっくりと開く。

「……オルドヴを殺したところで、また別の人間が取って代わる」

彼の声はかすれていた。フォルサスは顎を引いて賛意を示した。

「そうだろうな。だがオルドヴがいなくなれば、敵は混乱する。そしてあんたの身は、ひとまず安泰になる」

「それに——オルドヴが私を殺したがっているのは事実だが、実際に指揮を取っているのが、オルドヴ自身か、それとも奴の側にいる誰かなのか、それは判らない」

「何か違いがあるのか？」

こともなげな問いに、ビジュは奥歯を噛み締めた。身を乗り出し、声を低める。

「もしかしたら、国王陛下のお身内が関わっているのかもしれないんだぞ」

　フォルサスは眉を上げた。

「陛下のお身内なら、わざわざあんたをこっそり殺しに掛かる必要はないはずだ。陛下に頼んで、あんたを斬首台に送ってもらえばいい。それが出来ないってことは、お身内だとしても、陛下にとってはどうでもいい相手だということだ」

　ビジュが誰のことを言っているのかを、フォルサスも薄々察していた。国王の身内で、軍に強く肩入れし、大金を注《そそ》ぎ込みたがっている人間といえば、思い当たるのは一人だけだ。国王の数ある甥の一人で、ガルヴォ軍の高官だ。彼ならば、軍費を削《けず》ろうと奔走するビジュを憎んでいたとしても不思議はない。だが一方で、国王がこの甥と折り合いが悪いというのも、よく知られた話である。

「たとえ、陛下にとってどうでもいい相手であったとしても」

　苦しげに、ビジュは言葉を継ぐ。

「私が手を出していいということにはならない。王家の権威をないがしろにするような真似を、するわけにはいかないのだ」

　フォルサスは、雇い主を見つめた。彼の言うことは判る。王に連なる人間が暗殺されるようなことになれば、それは、王家への反逆だ。

　もちろんフォルサスと部下たちは、痕跡《こんせき》を残さず人を殺す術《すべ》を身に付けている。だが、疑惑がビジュへ向けられるのは、避けられないだろう。誰かが死ねば、対立する立場の者を疑うのが当然の手順なのだ。そして、裁判の流れによっては、たとえ確たる証拠がなくとも、ビジュは死刑を言い渡されかねない。

「……可能性を云々して、心配していても始まらない」

　フォルサスは雇い主に言い聞かせた。

「まずは、モウダーに誰がいて、何をしているのかを探り出すことにしよう」

「……」

「そしてもし、それがオルドヴで、あんたを殺す画策をしていたとしたら、モウダーで静かに死んでもらうことにしよう。それでどうだ？」

傭兵隊長の言葉に、ビジュは唇を固く結んだ。そして、ゆっくりとうなずく。

「それが疑いのない事実だと判るまでは、手を出してもらっては困るが……」

政治家らしい臆病《おくびょう》な言い回しを、フォルサスは冷たい一瞥で黙らせた。そして、天幕の外へ呼びかける。

「誰か、トルクスを呼んでくれ！」

待つまでもなく、黒髪の逞しい男が、天幕の中に入ってきた。雇い主に向かって、おざなりにうなずきかける。ビジュも、うなずき返した。フォルサスの右腕であるこの男は、宵《よい》の数時間、必ず雇い主の側にいる。

側に寄るよう、フォルサスは部下に合図を送った。

「トルクス、ここからモウダーに、手紙が送られている件は知ってるな？」

「スルラという男がこっそり送っている、例のやつだな——多分、暗殺計画について」

トルクスの黒い目が、ちらりとビジュを見やる。まるで取るに足らぬ話題を口にしているように、その眼差しには何の感情もない。腹の底が一気に冷たくなったような気がして、ビジュは拳を握り締めた。

フォルサスは冷静に指示を下す。

「その手紙が、誰に届けられるのかを知りたい。平服に着替えて、悟られないように使いの後をつけろ。二人連れて行け。出来れば、手紙の中味も知りたい。もし、手紙の届け先がオルドヴという男で、我々の仕事の邪魔をしていることが判ったら、始末してきてくれ。方法は任せる」

注意深く隊長の指示に耳を傾けていたトルクスは、あっさりと顎を引いた。

「判った」

「……大丈夫なのか？」

ビジュが狼狽《ろうばい》を隠しきれずに、二人の傭兵を見比べる。フォルサスは横目で雇い主を見やった。

「あんたは自分の心配をしたほうがいい。一番危険なのは、あんたなんだからな」

もちろんトルクスにも、大きな危険と責務がのしかかっている。それは、トルクスも承知しているはずだ。だがトルクスは平然と、己の仕事に取り組もうとしている。

フォルサスの部下の中で、最も適任なのはトルクスだ。それに異を唱える者はいないだろう。トルクスの父親はモウダー人で、トルクスは少年時代をモウダーで過ごし、言葉にも地理にも明るい。自分からそう言い出さなければ、彼がガルヴォの傭兵であることが知られることはない。正体を隠してモウダーに入り込むためには、これは重要なことだ。

だが、出て行こうとする部下の背中に、フォルサスは声を掛けていた。

「気を付けろよ」

肩越しに、トルクスは振り返った。

「報告は送る」

素っ気ない一言を残して、トルクスは天幕を出て行った。微かに揺れる垂《た》れ布を、フォルサスとビジュは、しばし、黙って見つめていた。

4

日が落ちる前に、フレイヴンは、部下たちを解散させた。

彼の下には、新人が多い。陣形の組み方を覚えさせるだけで一日掛かった。合間に、剣の扱い方も仕込まなければならない。膠着《こうちゃく》状態が続く限り、同じことを繰り返し訓練することになるだろうと、彼は、予《あらかじ》め部下たちへも言い渡していた。最初の戦いを生き延び、給料を受け取りたければ、敵より優れた兵士になるしかないという彼の言葉を、兵士たちは、神妙な顔で聞いた。そしてともかくも今日は、訓練を耐え抜いた。

離脱したのは一人——副官のデイプレイだけだ。

自分が、貴族の若者に偏見《へんけん》を抱いていることは、フレイヴンも認めている。軍に入る貴族の若者たちは、その身分故《ゆえ》に優遇され、それを当然と考えて我《わ》が儘《まま》を並べ、軍の規律を乱す。もちろん、少数の例外がいないわけではない。だが入隊して以来味わってきた数々の苦い経験から、貴族だというだけで、フレイヴンは相手を無能だと決めつけずにいられない。

デイプレイは、まさに無能な貴族の若者の典型だった。

フレイヴンが行う訓練に、彼は、最初から参加する気がなかった。自分は辛い訓練を免除されているのだと、決めてかかっていたのだ。それは間違いだと指摘すると、デイプレイは唖然《あぜん》とした。彼が本気で驚いているのを知って、フレイヴンもうんざりした。

しかしデイプレイは、怒り出しはしなかった。

ともかくも、彼は上官の指示に従って、訓練に加わったのだ。その点に関しては、フレイヴンもほっとした。兵士たちの面前で、副官と怒鳴《どな》り合いになるような事態は避けたかった。体裁《ていさい》が悪いだけでなく、上官同士の不和は、兵士たちの心に不安を植えつける。

しかし、彼の安堵《あんど》は、すぐさま苛立ちに変わった。デイプレイが、陣形の基礎からろくに理解していないことが、明らかになったのだ。

適当に誤魔化そうとしてはいたが、そんなことでは、副官としては務まらない。結局フレイヴンはデイプレイを捕まえ、天幕で教本を読んでこいと命じて、訓練の場から追い出す羽目になった。頭ごなしに怒鳴りつけなかったのは、親戚である総司令官への配慮からだ。若者は、これ幸いといった様子で訓練の場から離れ、フレイヴンは忌々《いまいま》しさに歯嚙《はが》みしながら副官に背を向けた。

だが、デイプレイのあの無能振りも、ケネットの親戚であることを考えれば無理もないことなのかもしれないと、フレイヴンは、半ば諦《あきら》めたような心持ちになっている。

デイプレイは、自分の副官だ。軍に所属している以上、その上下関係は絶対である。自分が上官として、今すぐ目の前から消えろと命じれば、その場から立ち去らなければならない。

しかし、ケネットのほうは、一言で追い払うわけにはいかない。

フレイヴンの胸には、数日前から、一つの重大な疑惑が宿っていた。それは今や確信となって、彼を不快な気分にさせている。他の司令官たちにもし少しでも考える能力があるのならば、彼らも薄々は勘付いているはずだ。

ケネットは、ガルヴォ人の人質を取り、停戦交渉をしていることを、上層部へ知らせていない。

人質を取った時点で報告していれば、今頃は、宮廷から何らかの指示があって当然なのだ。しかし、使者は姿を見せていない。フレイヴンは頭の中で、使者が遅れる理由を、幾通りも検討した。宮廷からの使者が、病気や怪我《けが》で動けなくなっている可能性はある。馬が途中で足を折ることも、考えられないわけではない。盗賊に襲われて、何もかも、命さえ奪われてしまったかもしれない。

　だが、そんな最悪の事態を想定してさえ、上からの指示は遅すぎる。

　そしてフレイヴンの疑惑を一層強めているのが、ケネットと、その副官ビーストンの態度だった。もし彼らが上からの指示を待っているのだとすれば、それがあまりにも遅いことにじりじりしているはずだ。しかし二人は、不自然なまでに落ち着き払っている。使者が着いたかと、訊《き》くことさえしない。

　つまりケネットは、上層部に人質のことを伏せたまま、ガルヴォ軍と交渉している。偶然手に入れた身分の高い人質のお陰ではなく、軍人としての手腕で敵を退《しりぞ》かせたと、上へそう思わせたいのだ。

　もちろん、これは軍規に反している。ケネット一人が得るであろう殊勲《しゅくん》のために、自分たちがここで待機させられているのは不当だ。

　フレイヴンは、ケネットの私欲によって軍費が浪費されているこの実態を、暴いてやりたいという誘惑に駆られていた。軍の上層部は殆《ほとん》どが貴族たちで固められているが、中には、フレイヴンの主張に耳を傾ける者もいるはずだ。ケネットは罰せられ、恐らく二度と、軍を任されることはなくなるだろう。

　とはいえ、その後、フレイヴン自身が、軍から放逐される恐れも、無いわけではない。貴族を陥れた平民の司令官は、上層部からも快く思われないに違いない。

　しかし、たとえ我が身を顧みずにケネットを告発しようにも、人質が何者であるのかが明かされていない以上、彼には、上に突きつけるべき材料がないのだ。

　その点では、ケネットは狡猾《こうかつ》だった。人質に名前がなく、従って何の身分もない状態ならば、彼は、上層部に報告する必要はないと言い抜けることが出来る。

　この件に関する一切を、フレイヴンは、憤《いきどお》りとともに腹の底に溜め込んでいた。気安く相談できる相手などいるはずもない。周囲の司令官は、貴族ばかりだ。上官のすることに苦言を呈することの出来る、そんな気概《きがい》のある者はいない。ケネットの企《たくら》みに気付いた者もいるはずだが、誰もが知らぬ顔を通している。

　フレイヴンの脳裏に、ふと、シャリースの顔が浮かんだ。上官の不正を暴くような仕事にも、あのふてぶてしい傭兵《ようへい》ならば、笑いながら手を貸すように思えたのだ。

　しかしフレイヴンは、即座にその考えを打ち消した。こんな問題を傭兵に相談するなど、論外だ。彼らは金でしか動かぬ、ならず者も同然の連中なのだ。信用できるはずがない。

　ふと見やると、デイプレイが、ケネットの天幕の外にいた。

　教本を読んでなどいないことには、もはや失望する気にもならなかった。若者の相手をしているのは、ケネットの副官ビーストンだ。もしかしたら、ケネットは親類の若者に会うことを拒絶し、応対を副官に押し付けたのかもしれない。あからさまにではないにせよ、デイプレイがケネットから厄介者《やっかいもの》扱いされているのは、フレイヴンも承知している。

　小さな悲鳴のような声を聞いて、フレイヴンは振り返った。夕焼けの赤い光を浴びながら、白い狼《おおかみ》が、彼に向かって突進してくる。兵士たちが慌てて、狼に道を譲っている。狼のほうは、兵士などには見向きもしない。

　エルディルは勢いをつけたまま、フレイヴンに飛びついて来た。大きな前足が胸に突き当たり、フレイヴンは、一瞬息を詰まらせた。身構えていなければ、後ろへ押し倒されていたに違いない。

　周囲から、低いどよめきが起こった。

恐らく兵士たちは、司令官が狼に食い殺されるのだと思ったことだろう。だがエルディルは尾を振りながら、フレイヴンの顔を舐《な》めている。フレイヴンは顔を背《そむ》けたが、エルディルは諦めない。なおもじゃれついてくる。

毛皮を纏《まと》った温かな生き物に懐《なつ》かれるのは、悪い気分ではなかった。フレイヴンはエルディルの顔を両手で摑《つか》み、軽く揺さぶってやった。昔彼が飼っていた犬たちは、そうされるのを喜んでいたが、幸いエルディルも同じだったようだ。

ようやくエルディルを引き剝《は》がすと、その向こうに、赤い髪の兵士の姿が見えた。その後ろには影のように、黒衣の傭兵が立っている。顔に刺青《いれずみ》のある異国の男は、フレイヴンの記憶にもはっきりと残っていた。エルディルが嬉しげに、その傭兵の足下へ走り寄る。

フレイヴンは、赤い髪の若者へと目を向けた。

「シャリースが、何か言って寄越したのか？」

司令官の問いに、スタークは慌てたように、一歩前へと踏み出した。

「はい、あの、人質のことで」

漠然《ばくぜん》と、ガルヴォ人が捕らえられている天幕のほうを指す。

「あの人質について、何か知っていたら教えて欲しいと……」

「私は何も知らないし、知っていたとしても、あの男に教える気にはならない」

若者の言葉を遮《さえぎ》るように、フレイヴンは答えた。途端に、スタークが小さく笑う。フレイヴンが睨《にら》み据《す》えると、若者の笑みは消えた。首を縮める。

「すみません。きっとそう仰《おっしゃ》るだろうと、シャリースが言ったもので」

咳払《せきばら》いをして、スタークは続けた。

「シャリースは、今夜、エルディルが人質の天幕の辺りをうろつくのに、協力してもらいたいと言ってます。フレイヴン殿がエルディルを連れていれば、天幕の警護をしている兵も気を逸《そ》らして……」

フレイヴンは片眉《かたまゆ》を吊《つ》り上げた。

「まさか、あのガルヴォ人に危害を加える気じゃないだろうな⁉」

「違います！」

大急ぎで、スタージはかぶりを振る。

「シャリースはただ、中を覗《のぞ》いて、出来れば、人質と話をしたいだけだと言ってます」

「……」

「あの人質の正体が判れば、フレイヴン殿にも伝えるそうです。もちろん、他の誰にも内緒で」

確かにあの傭兵隊長は、自分の考えをある程度理解しているらしいと、フレイヴンも、それは認めざるを得なかった。

彼は素早く、傭兵隊長の提案を検討した。人質の正体は、是が非でも知りたかった。だがバンダル・アード＝ケナードは、彼がここに連れてきた傭兵隊だ。不始末を起こしたと知れれば、自分も責任を問われかねない。

それでも、危険を冒す価値はあるかもしれないと、彼は思案を巡らせた。

ジア・シャリースは気に障《さわ》る男だが、無能ではない。それに、自分とシャリースの不仲は、既に周囲にも知れ渡っている。たとえシャリースがしくじったとしても、自分は無関係だと主張すれば、それを疑う者は少ないはずだ。エルディルについては、彼女が勝手につきまとっているのだと言い張ればいい。

フレイヴンは値踏みする目で、赤毛の若者を見つめた。

「おまえは、秘密を守れるんだろうな？」

「守れます」

厳粛《げんしゅく》な面持ちで、スタージはうなずいた。

「シャリースに言われました。秘密を守らないと、僕は左足を、エルディルの夕食として差し出して、傷病兵として後方に送られることになるんです」

フレイヴンは、若者の真面目な表情を観察した。シャリースの脅《おど》しが本気か否かはともかくとして、スターグがそれをまともに受け取っているのは確かなようだ。

「なるほどな」

そして、フレイヴンは、大きな白い狼に視線を投げた。

「おまえの左足一本で、この狼が満足すればいいが」

さりげない一言に、スターグが息を呑《の》む。横目でそろそろと、エルディルを盗み見る。

フレイヴンは、口を噤《つぐ》んだまま静かに立っていた傭兵へと目を向けた。

「マドゥ＝アリ」

刺青の男は返事をしない。鮮やかな緑色の瞳が彼を捉え、音も立てずに司令官の前へと進み出た。だが、用心深い距離を置いている。

フレイヴンは、白い狼が忠実に、黒衣の傭兵に従っている様を見下ろした。

「マドゥ＝アリといったな、確か？」

マドゥ＝アリはうなずいたが、やはり、返事はない。顔の半分を刺青に覆《おお》われた、その表情も読めなかった。警戒しながらも、フレイヴンは言葉を継いだ。

「今夜は、私と一緒にいてもらいたい。エルディルを完全に制御できるのは、君だけだそうだからな。いかなる理由があろうと、エルディルに、正規軍の兵士を傷付けてもらいたくはない。シャリースの許可が必要なら、取ってきてくれ」

「俺は、エルディルを見張るためについている」

初めて、マドゥ＝アリが口を開いた。

「この件については、あなたの指示に従えと、隊長は言った」

意外なほどに物静かで、従順な口調だった。無愛想な男だが、反抗的なわけではないと知って、フレイヴンはほっとした。戸惑いを感じはしたが、それは、マドゥ＝アリの特異な外見に慣れていないせいだ。狼を扱える男が、自分の指示を守るというのなら、これ以上心強いことはない。

　フレイヴンは異国の男へうなずきかけた。

「よし、では、望みの時間に来るがいい」

「シャリースに伝えてきます」

　応じたのはスタッグだった。若者は傭兵たちの元へ戻って行き、マドゥ＝アリと白い狼が、その後を追う。

　沈みかけた夕日の、最後の光でその姿を見送りながら、フレイヴンは、謎の人質について考えた。


　トレンストの店では、使用人の男たちは、閉店後、一緒に夕食を摂《と》る。

　商品の確保や配達、注文取りにと、一日中外を走り回っている彼らにとって、この夕食は、仲間たちとの貴重な情報交換の場だ。母屋《おもや》の裏手にある、古いが大きな食堂に集まり、二人の料理女から給仕を受けながら、二十人余りの男たちが、客たちの様子や、品物の動向、そして戦況についても語り合う。トレンストが扱うのは主に婦人用の品物だが、ここストリーで商売をする以上、戦況に無関心ではやっていけないのだ。

　アランデイルも、食事の輪に加わっている。

　この店ではいかなる敵も作らないように、彼はこれまで、最大限の注意を払ってきた。その気になれば、彼はどんな相手に対しても、愛想よく振舞うことが出来る。それは彼が子供の頃に身に付けた技で、傭兵になった後も、さらに磨《みが》きを掛けられていた。店の者や客たちから、多少理不尽な扱いを受けたとしても、彼は笑ってそれを受け流すことが出来る。バンダル・アード＝ケナードが現在置かれている状況を考えるに、ここでの生活は、まるでぬるま湯に浸《つ》かっているようなものだった。

「今日、この間殺されたって人の家に行ったよ」

　アランデイルがそう報告すると、テーブルにいた全員の目が、新入りに注《そそ》がれた。

「ミラスティン様だな」

一人がうなずく。

「気の毒に。毒を飲まされるなんて」

別の一人も同意した。

「いいお客だったよ。気前がよくてね。ミラスティン様がお屋敷で祝宴を開かれるときには、いつでも、招待されるご婦人がたへのお土産《みやげ》を用意されてね。それをお届けにあがると、いつでも、代金の他に御祝儀がもらえたもんだ」

「今時、そんなお客は貴重だよ」

しみじみと告げられた一言に、一同は深くうなずいた。アランデイルは続けた。

「それであそこの奥方が、気分直しに何か買い物をしたいらしいんだけど、何がいいかな」

途端に数人の古株が、未亡人の心を慰《なぐさ》めるにふさわしい品について、話し合いを始めた。給仕の女も、その議論に加わる。単なる商売の話ではなく、皆が、ミラスティンの未亡人を心から気に掛けているようだった。

持ち込むべき品物の検討は、彼女をよく知る者たちに任せて、アランデイルは隣に座る男へ話しかけた。

「ミラスティン様がしてらした軍の仕事は、コニガンとかいう人が引き継いだんだって？」

相手は、パンをもぐもぐと嚙みながらうなずいた。

「そのお陰で、羽振りが良くなったらしいぜ、コニガン様は」

「だが、仕事ぶりについての評判は、あまり良くないみたいだ」

正面にいた小柄《こがら》な男が、テーブル越しに話に加わる。

「前線にうまく物資が回ってないって、文句が来てたらしい」

「コニガン様は、ランプ様と仲良くしときゃいいのにな」

続けざまにパンをちぎって口に入れながら、アランデイルの隣の男は言う。

「ミラスティン様の仕事の半分は、実のところランブ様がやってたんだから」

別の男が、馬鹿《ばか》にしたように鼻《はな》を鳴らした。

「コニガン様は、取り分を独り占めしたいのさ」

不穏当な見解だったが、反対意見を持つ者はいないらしい。誰もがうなずいている。

「そりゃそうだろうよ。独り占めしているからこそ、羽振りがいいわけだしな」

「コニガン様は何年も前から、ミラスティン様の仕事を自分のものにしたくてしょうがなかったんだ」

仲間たちの話に耳を傾けながら、アランデイルは首を傾げた。

「それで、ランブ様は今、どうしてるんだ？」

その問いに、テーブルの端にいた一人がかぶりを振る。

「ミラスティン様が亡くなってから、ランブ様は様子がおかしくなっちまったんだ。軍の事務所の隅《すみ》っこで燻《くすぶ》って、コニガン様への恨みつらみを募《つの》らせてるらしい。コニガン様がミラスティン様を殺したんだと、一人でぶつぶつ言ってるらしいが」

「まあ、ランブ様にしてみれば、そう言いたくもなるだろうよ」

別の一人が、後を引き取る。

「コニガン様は、ミラスティン様が亡くなるなり、喜び勇んで、その仕事を掠《かす》め取っちまったんだからな。その中には、ランブ様の仕事も入ってたんだ。ランブ様としては、コニガン様を恨むしかないわけだ——真犯人が、誰であったとしても」

アランデイルは、食卓仲間の顔を見渡した。そして、疑問を口にする。

「ミラスティン様が死んで、一番得をしたのはコニガン様なのに、何で他の誰も、コニガン様を捕まえようとしないんだ？　コニガン様が、有力者だから？」

食堂に一瞬、白けた空気が漂《ただよ》った。だが、年輩の男が咳払いをして、アランデイルの注意を引く。

「そういやおまえさんは、この町に来たばかりだったな」

彼は肉を切り分けながら、ゆっくりとした口調で言った。

「知らんでも無理はない。コニガン様を疑う者は、実際のところ、一杯いるよ。大声で吹聴《ふいちょう》して回りはしないがね。そりゃあ、コニガン様は有力者だが、問題はそこじゃないんだ。我々皆の頭を悩ましているのは、ミラスティン様が、一緒に酒を飲んだ誰かに毒を盛られたってことなんだ」

「つまり、犯人は、ミラスティン様と酒を酌み交わす仲だったわけだが」

町の事情をまるで知らぬ新入りのために、使用人仲間たちは口々に、そして丁寧《ていねい》に説明してくれる。

「ミラスティン様とコニガン様は、そりゃあもう、憎しみ合った仲でな」

「諍《いさか》いの種は、二代前からあったたって話だが」

「十年近く昔だが、あの二人は軍の物資調達の仕事を争って、無関係の俺たちでさえ、目を覆わんばかりの醜《みにく》い争いをしたんだよ」

「結局、ミラスティン様が勝った。ランブ様が手を貸したんだろうな。ランブ様には、宮廷にいい知り合いがいるらしいから。多分そのこともあって、コニガン様は、ランブ様も嫌ってるんだろう」

「とにかく」

説明を始めた年輩の男が、肉を飲み込み終えて、話を締め括《くく》る。

「ミラスティン様が、コニガン様を家へ招いて一緒に酒を飲むなど、考えられないことだ。同じ部屋にいることすら拒む間柄なんだ。まあ、もしかしたら、裏でコニガン様が糸を引いていたかもしれんが、酒に毒を入れたのが彼だというのは、有り得ない話だ」

アランデイルは感心したふうを装って、熱心にうなずいてみせた。だが、彼の頭の中では、別の考えが渦巻いている。

　ミラスティンは殺されたその日、自ら人念に人払いをしていたという。それを考慮に入れると、その日の客が、一緒に酒を飲むべき相手でなかったということも、十分に有り得る話だ。むしろ、敵であったコニガンが相手だったからこそ、ミラスティンは、人目を避ける必要があったのではないだろうか。

　もっとも今のところ、両者が、長年にわたる冷たい関係を修復したという話は出ていない。あるいは、一時的に互いへの感情を抑えて手を結び、何か後ろ暗い事業に取り組むことにしたのかもしれない。

　コニガンを名指しで殺人者呼ばわりしているというランブの話は、もちろん聞く価値があるだろう。それにランブは、ミラスティンの右腕だった。ミラスティンを殺したがる、他の者のことについても、知っている可能性が高い。

　と、アランデイルの前に座った男が、深い溜息《ためいき》を吐《つ》いた。

「俺、明日、ランブ様のお屋敷に行かなきゃならないんだ。気が重いよ。ランブ様の憂鬱《ゆううつ》の虫が、奥様にも取り付いててさ」

　この好機に、アランデイルは飛びついた。

「俺が代わりに行こうか？」

　相手は顔を輝かせた。

「いいのか？」

「いいよ。色んなところに顔を出して、覚えてもらいたいからさ」

　アランデイルの殊勝な申し出に、幾つもの笑いが弾《はじ》ける。

「じゃあ、俺の仕事もやるよ」

「俺のも」

　全ての外回りを押し付けられそうになって、アランデイルは片手を挙げる。

「ちょっと待った。俺の身体は一つしかない」

「じゃあ、小間使いといちゃついている暇もねえな」

すかさず投げられた一言に、全員が笑った。トレンストの妻の小間使いが、アランデイルに秋波《しゅうは》を送っていることは、既に全員が知っている。中には、やっかみを感じている者もいるだろう。小間使いは可愛らしい顔をした娘で、自分でそれをよく知っていた。女たちの噂《うわさ》によれば、彼女は男関係について、少しばかり節操がないということになっている。

アランデイルも、一応仲良くはしていた。寄ってくる女をすげなく扱うのは彼の流儀ではなかったし、奥方の小間使いと近付きになれば、何かと得るものが多いのだ。だが彼は、必要以上に仲良くなり過ぎないように、常に気を遣っていた。今、問題を起こして、この店から追い出されるような危険は冒せない。

アランデイルはおどけて、両手を広げてみせた。

「誰か、俺を夜通し見張っててくれ、清廉潔白の身でいられるように」

男たちの笑い声が、食堂に満ちた。

冷たい月が頭上に掛かっている。

殆どの兵士たちが、火の側《そば》に縮こまりながら、浅い眠りに就いている。だが寝つけぬまま、火の番をしている者も少なくない。彼らの吐く白い息が、冷たい夜気を煙らせている。

フレイヴンは天幕を出て、兵士たちの間を静かに抜けて行った。先導を務めるのは白い狼である。エルディルは軽い足取りで楽しげに、エンレイズ軍の中を突っ切っていく。暗い色の軍服に身を包んだ兵士たちとは違い、彼女の姿は、暗い焚火《たきび》の灯りの中でもよく目立った。数人の寝ぼけた兵士が、まるで幽霊でも見たかのように後ずさる。狼の後について現れた司令官の青白い顔も、彼らの目にはやはり、幽霊のように映ったかもしれない。

彼らの少し後ろを歩く黒衣の男については、しかし人目を引くことはなかった。彼はフレイヴンの影のように、足音一つ立てずについていく。傭兵の黒衣と濃緑色のマントは闇に溶け、黒い刺青は完全に、彼の顔を隠してしまっている。

エルディルは真っ直ぐに、ガルヴォ人の人質が収容されている天幕へと進んだ。

天幕の護衛に立っていた兵士は、闇から現れた狼の姿に、ぎょっとした顔になった。仲間に助けを求めようと、その視線が、別の護衛へと泳ぐ。無意識のように、右手が剣の柄《つか》を握っている。

だが彼は、狼の連れが、黒髪の司令官であることに気付いた。

直属ではなかったが、兵士にとって、上官であることに変わりはない。それに平民出身のこの司令官は、厳しいことでも有名だった。彼はまた、傭兵たちの飼っている狼をいとも簡単に手懐けたということで、ここ数日兵士たちの話題になってもいる。狼の接近は恐ろしかったが、下手《へた》に騒ぎ立ててこの司令官の不興を買うのは、さらに恐ろしかった。

狼とフレイヴンがそのまま通り過ぎてくれるのを、兵士は願った。

だが、その願いは叶《かな》えられなかった。狼は立ち止まり、興味深げに、兵士のブーツを嗅《か》ぎ始めた。兵士は助けを求めてフレイヴンを見たが、黒髪の司令官は狼を止めようとしない。その様子を見ているはずの別の兵士も、関わり合いを避けてあらぬ方を向いている。

突然、狼は後足で立ち上がった。

兵士の肩に前足を掛け、味見でもするかのように、彼の顎《あご》の先を舐める。兵士は今度こそ悲鳴を上げた。恐怖と狼の体重で、膝《ひざ》が崩れる。

「エルディル」

低い声に呼ばれた瞬間、白い狼は、兵士を投げ捨てた。

兵士は尻餅《しりもち》をついた。狼が離れたことにはほっとしたが、安堵感を嚙み締めている間もない。今度は、闇から現れた男の顔に釘付けになってしまったのだ。

狼は尾を振りながら、男の腰に頭を擦《こす》り付けている。

その男は、傭兵たちの中にあっても異色の存在だった。バンダル・アード゠ケナードがこの野営地《やえいち》に来たときから、顔に刺青のある傭兵には近付くなと、正規軍の兵士たちの間ではそう囁《ささや》かれている。そもそも傭兵は躊躇《ためら》いもなく人を殺す輩《やから》だが、中でも刺青の男は冷酷で、味方兵士であっても容赦はしないという。

不意に腕を摑まれて、兵士は息を吞んだ。フレイヴンが彼の上に覆いかぶさるように立ち、引き起こそうとしているのだ。

「立て」

兵士は命じられるままに立ち上がろうとしたが、膝に力が入らない。フレイヴンが口の端を歪《ゆが》める。

「あれは飼い慣らされた狼だ。犬と同じだ」

「でも、俺を食い殺そうとしましたよ」

兵士は主張した。

「犬だって、その気になれば人を殺しますよ。そうでしょう？　それにあの狼は、これまでにも大勢を食い殺してきたって話ですよ」

「俺だって大勢殺した」

フレイヴンは厳《いか》めしく応じた。

「食いはしなかったがな。だが、殺したのは敵兵だったし、その狼も同じのはずだ。マドゥ゠アリ、今までにエルディルは、味方の兵士を食い殺したことはあったか？」

返事は、少しばかり遅れた。エルディルが今までに牙を立てた相手に関しては、思い出すのに時間が必要だとでもいうようだった。

「……食い殺したことはない」

やがて返ってきた答えは、兵士をますます怯《おび》えさせた。

「殺したことはない⁉　つまり、嚙んだことはあるって意味か⁉」

そんなやり取りを、シャリースとダルウィンは、ごく近くの草むらの陰に隠れて聞いていた。

二人とも、地面に膝をついて、身を低くしている。松明《たいまつ》の灯りが微《かす》かに届く場所で、立ち上がると、護衛に目撃される恐れがある。フレイヴンとマドゥ＝アリが兵士たちの注意を引いている間に、彼らは、人質の天幕へ潜《もぐ》り込む機会を窺《うかが》っていた。天幕は厚く、中の様子は判然としないが、静かなのは確かだった。人質は、もう眠っている可能性が高い。となれば、中に押し入ってもすぐには気付かれないだろう。

だが彼らは、計画の実行を遅らせていた。

エルディルの様子が変わったのだ。つい先刻まで、兵士を脅すことを楽しみ、マドゥ＝アリに甘えかかっていたというのに、今はその金色の目が闇の中を見透かし、低い唸《うな》り声を立てている。シャリースとダルウィンも、屈《かが》んだままそちらに視線を向けたが、彼らに見て取れたのは、枯れ草が風になびく様だけだ。

「……何か、様子がおかしいぜ」

幼馴染《おさななじみ》の言葉に、シャリースはうなずいた。彼は自分の五感に頼るのをやめた。エルディルの動きに集中する。

「誰かが、近付いてくる」

口の中で、シャリースは呟《つぶや》いた。マドゥ＝アリはエルディルを押さえている。だが、彼女はじっと、シャリースたちが潜《ひそ》む草むらの、さらに後ろを見据えていた。白く長い牙が剝《む》き出しになっている。

「こんな時間に、一体誰だよ」

自分たちのことは棚に上げ、ダルウィンが囁いた。

「ケネットかもしれねえな」

シャリースも囁き返す。

「あいつは、この人質に御執心《ごしゅうしん》だ。たとえ真夜中でも……」

そのとき二人の傭兵の目にも、足音を殺して近付いてくる者たちの姿が見えた。

傭兵たちは一瞬、顔を見合わせた。闇の中を這《は》い進んできたのは、エンレイズ軍の兵士ではなかった。

十人ほどもいるだろうか。全員平服で、そして、武装している。

　次の瞬間、平服の襲撃者たちは、ものも言わずに草むらから飛び出し、護衛の兵士に襲いかかった。

　咄嗟《とっさ》に、シャリースとダルウィンも立ち上がった。剣を抜きざま、襲撃者に突っ込む。

　だが、相手が多すぎる。

「マドゥ＝アリ！」

　手近な一人と剣を交え、すかさずその腹を蹴《け》り上げてから、シャリースは叫んだ。

「エルディルを放せ！」

　途端に、狼が白い旋風のような勢いで飛び込んできた。

　大きな悲鳴は、上がった瞬間に消えた。エルディルは、シャリースの背後にいた男の喉笛《のどぶえ》を食い破っていた。金色の目がらんらんと輝いて、次の獲物《えもの》を見定めている。初めに襲われた護衛の兵士は地面に倒れたが、他の兵士たちが、異変に気付いて助けを呼んでいる。

「早く中へ入れ！　ぐずぐずするな！」

　襲撃者の一人が、仲間を鋭く叱咤《しった》する。天幕の布地が大きく引き裂かれ、そこから、一人が潜り込んだ。

　続こうとした別の一人を、シャリースは剣で阻《はば》んだ。エルディルが血に赤く染まった牙を剥いて後続を牽制《けんせい》している間に、彼も天幕へと乗り込む。

　天幕の中には、小さな火が灯されている。今まさに、ベッドに剣を突き立てようとしていた男に、シャリースは背後から躍《おど》りかかった。相手の武器を取り上げている暇などなかった。迷わず、男の脇腹を剣の切っ先で引き裂く。

　短い呻《うめ》き声を上げて、襲撃者は、剣を取り落とした。傷口から血が溢《あふ》れ出す。男は振り向いてシャリースを見たが、シャリースはその男の向こうに、ガルヴォ人の顔を見ていた。ベッドの上で半ば起き上がった格好の人質は、恐怖に表情を引き攣《つ》らせてい

た。口は開いていたが、声は出ていない。

背後で、空気を切り裂く音がした。

戦場では、馴染みの音だ。シャリースは本能的に身を屈め、振り下ろされた剣から身をかわした。

素早く振り返ると、顔に温かなものが降りかかった。

彼の目の前に、首から血を噴き出して死にかけている男がいた。その背後に、マドゥ＝アリが端然と立っている。愛用の湾曲した剣からは血が伝い落ちているが、本人は、今自分が殺した男にはまるで頓《とん》着《ちゃく》していない。彼はゆったりと一歩引いて体勢を変え、次の瞬間、目にも留まらぬ速さで、天幕に押し入った敵の胸を切り裂いた。

外では騒ぎが広がっているが、それ以上、天幕の中に無理に突入してくる者はいなかった。シャリースは左手で顔に掛かった血を拭《ぬぐ》いながら、ベッドの上で凍《こお》りついている男を見やった。

「大丈夫か？」

彼のガルヴァ語は、達者なわけではなかったが、何とか相手には通じたようだ。エンレイズ軍の捕虜《ほりょ》はうなずいた。痩《や》せた顔には茶色の口髭《くちひげ》を生やし、黒い目は大きく見開かれている。乱れた茶色の巻き毛が額《ひたい》に落ちかかり、彼の顔色を、一層白く見せていた。ガルヴァ正規軍の臙脂《えんじ》色の軍服を着ていたが、清潔とは言い難い。

シャリースは、自分が倒した平服の男を見下ろした。男はぴくりとも動かない。殺すつもりはなかったが、死んだかもしれない。

シャリースはガルヴァ人へと視線を戻した。

「ところで、あんたは誰だ？」

こんな場面でさりげなさを装うのは不可能だったが、不意を衝《つ》くことには成功した。ガルヴァ人の人質は口を開き、次いでその口を閉じた。ごくりと唾《つば》を飲み込む。シャリースの目を見ながらも、躊躇っている。

血刀を提《さ》げた傭兵に質問され、その質問に答えぬことには、勇気と覚悟、それに冷静な判断力が必要なはずだった。彼は、それらを備えていた。そしてそれだけの資質があれば、この混乱に乗じて、檻《おり》であるこの天幕から逃げようとしてもおかしくはない。

だが、この捕虜は動かない。

シャリースは顎で、天幕の裂け目を指した。

「今なら逃げられるかもしれないぜ。足がすくんじまって、立てないのか？」

ようやく、相手は言葉を発した。

「……帰ったら、殺される」

この返答に、シャリースは片眉を吊り上げた。思わず、唇《くちびる》に皮肉な笑みが浮かぶ。

「ここにいても、殺されそうになってたようだがな」

彼は天幕の中に倒れている三人の襲撃者を見渡した。

「この連中は誰だ？　知り合いか？　エンレイズ語を喋《しゃべ》ってたのを聞いたが」

ガルヴォ人は改めて、血に塗《まみ》れた天幕の中に視線を巡らせた。マドゥ＝アリの一撃で胸を切り裂かれ、こと切れている男に目を留めて、その顔をじっと見つめる。

「……判らない。知らない顔だ」

かすれた声が捕虜の口から出た瞬間、外から、苛立った声が聞こえてきた。

「シャリース！　何がどうなってる⁉」

天幕の入口から、フレイヴンが顔を覗かせた。どうやらこの司令官も、否応なく戦いに巻き込まれたらしい。右手に剣を握り締め、顔には血飛沫《ちしぶき》を浴びている。

「俺が説明できると思ってるんなら、それは買い被《かぶ》りってもんだぜ」

剣の切っ先を地面に付けたまま、シャリースは大仰に肩をすくめてみせた。

「俺だって、同じことを訊きたいんだからな。だが、大事な人質は無事だ。傷一つない」

「くそっ」

叩きつけるような悪態を吐いて、フレイヴンは天幕を出た。逃げた者を追えと、兵士たちに怒鳴り散らしている。ようやく襲撃の報が伝わったらしく、兵士たちが駆け付けてくる気配がする。マドゥ＝アリが、微かな警戒の表情を浮かべていた。この現場では、下手をすれば、彼らにも罪が被せられかねない。

慌ただしく、シャリースはガルヴォ人に尋ねた。

「帰れば殺されると言ったな。じゃあ、エンレイズに亡命するつもりなのか？」

相手はかぶりを振った。

「いいや。そのつもりはない」

彼は落ち着きを取り戻している。その返事の意味するところを理解して、シャリースはにやりと笑った。

「そうなると、どうやら、あんたはとてつもなくまずい立場にいるようだな」

「ああ、判っている。痛いほどにな」

ガルヴォ人の答えは率直だった。

「だが、助けてもらった礼は言おう」

シャリースは息を吐いて、相手の黒い目を見つめた。

「名前は？」

一瞬だけ口ごもったが、今度は、ガルヴォ人も口を開いた。

「……セクーレ」

シャリースはうなずいた。

「セクーレか。もし生き延びたいんだったら、あんたも傭兵を護衛に雇うといいぜ。金を払っている限り、あんたを守ってくれるだろう。信用第一の商売だから、裏切られる可能性も低い」

「……」

困惑した顔で、ガルヴォ人は黒衣の傭兵を見上げた。再び、天幕の垂れ布《たれぬの》が、外から乱暴に開かれる。

「シャリース！」

割れんばかりの怒鳴り声が響いた。フレイヴンは本気で腹を立てているようだ。

「ぐずぐずしている場合か⁉　さっさと出て行け！」

もっともな忠告だと認めて、シャリースは死体を跨《また》ぎ越え、天幕の裂け目から外へ出た。マドゥ＝アリが黙ってその後に続く。

彼らと同じく、ダルウィンとエルディルも血で汚《よご》れている。だが、怪我らしい怪我はしていないようだ。

彼らは混乱の場から、そそくささと逃げ出した。


暗殺者たちの死体は、天幕の外と中、合わせて六体転がっていた。

フレイヴンや護衛に当たっていた兵士の証言によると、五人ほどが、その場から逃走したらしい。エンレイズの兵士たちは彼らを追ったが、一人も捕まえることが出来なかった。野営地を一歩離れれば、辺りは暗闇に包まれている。月の白い光は、一目散に逃げる男たちの姿を浮かび上がらせるには弱すぎた。

天幕の護衛に当たっていた兵士二人が、命を落とした。

しかし少なくとも、大事なガルヴォ人の人質は傷一つ負っていない。そのことは何より、ケネットを安堵させた。囚われ人が死ねば、ガルヴォ軍と正面からぶつからずにいる理由は即座に消え失《う》せる。手柄を立てるどころか、大勢の部下を失うことになるだろう。彼自身さえも、ここで屍《しかばね》を晒《さら》すことになりかねない。

襲撃者の死体は地面に並べられた。全員が平服を着ている。松明が灯され、死者の顔を照らし出す。司令官たちを始め、兵士たちの多くがその顔を見たが、誰も、彼らが何者なのかを言うことは出来なかった。エンレイズ軍に属する者ではないらしいということだけは判ったが、それだけでは何も解決しない。

　正規軍の兵士だけではなく、居合わせた傭兵隊の隊長たちも呼び集められた。偵察《ていさつ》のために出掛けているバンダル・ルアインのテレスを除く、三人だ。

　だが傭兵隊長たちもまた、見たことのない顔だと断言した。二人はすぐに解放されて、自分の部下の元へと戻って行った。真夜中に叩き起こされたことに対する不平は口にしたが、二人とも、ことの成り行きには興味を示した。だが、何が起こったのかを、彼らに説明できる者はいない。

　バンダル・アード＝ケナードのシャリースだけが、ケネットの天幕へと連れてこられた。

　彼が襲撃現場に居合わせたことは、既に複数の目撃証言から明らかになっている。長身の傭兵隊長は、拭い切れなかった血を顔や首にこびりつかせたまま、平然と、総司令官の前に立ってみせた。濃厚な血の臭いが、ケネットの鼻にも届く。黒い軍服にも、たっぷりと敵の血が染み込んでいるのだろう。

　ケネットは嫌悪と、そして微かな恐怖を孕《はら》んだ視線を、シャリースへ向けた。

「説明してもらおうか。おまえが何故《なぜ》、あの場にいた？」

「偶然だ」

　シャリースの答えには、微塵《みじん》の躊躇いもない。

「うちの狼が、フレイヴンに惚《ほ》れ込んでてね。実はあの白いのは、雌《めす》なんだよ。フレイヴンに一目惚れして、離れようとしなくなっちまったんだ。フレイヴンもあいつを可愛がってはくれてるんだが、いくら何でも、寝床の中にまで入りこまれたくはないだろうと思ってね。だから探して、連れて戻ろうとしてたんだ。そこでちょうど、怪しい奴らが近付いてくるのに出くわした」

　すらすらと淀《よど》みなく説明する。その上シャリースは、総司令官へにやりと笑いかけさえした。

「最初にあいつらに気付いたのは、うちの狼なんだ。

なかなか役に立つだろう?」

「……」

馴れ馴れしい態度に、ケネットは思わず眉を寄せた。傍《かたわ》らでは副官のビーストンが、やはり渋《しぶ》い顔をしている。

だが、彼らが傭兵隊長に文句を言う筋合いはないのだ。第一に、シャリースとその部下が襲撃者を撃退したということは、他の者たちの証言で明らかになっている。第二に、バンダル・アード゠ケナードを雇ったのはフレイヴンであり、たとえケネットがこの場の責任者だとしても、シャリースは彼に、何一つ負うところがない。

かといって、このごろつきの傭兵に礼を言うほど、ケネットは寛大《かんだい》な気持ちにはなっていなかった。

「もういい、行け」

彼がぞんざいに手を振ると、シャリースは濃緑色のマントを翻《ひるがえ》し、さっさと天幕から出て行った。総司令官に対する敬意など、欠片《かけら》すら見せようとしない。後には、不快な血の臭いだけが残った。

外ではフレイヴンが、シャリースを待ち構えていた。

冷たい灰色の目が、傭兵隊長を見据える。天幕の内側で交わされた会話は、恐らく、彼のところまでは聞こえなかっただろう。だが彼は、シャリースが何か余計なことを言わなかったかどうか、その顔色を読むことで探ろうとしている。

副官のデイプレイも、その傍らにいた。興奮した様子で、辺りをうろうろと歩き回っている。もう明け方も近いというのに、他にも大勢の兵士たちが、落ち着かなげに、ケネットの天幕を窺っていた。闇から突然現れた襲撃者への恐怖、そして好奇心が、彼らの目を覚ましてしまったらしい。

シャリースは、群れ集った正規軍の兵士たちをぐるりと見回した。一瞬だけ、フレイヴンとまともに視線がぶつかる。だが、フレイヴンは唇を引き結んだままだ。シャリースも何も言わぬまま、その場を後にした。ガルヴァ人についてはいずれ話し合わなければならないだろうが、今は、そのときではない。

バンダル・アード＝ケナードの面々は、シャリースが戻って来るのを待っていた。

居眠りをしていたらしい数人も、隊長の帰還を受けて、仲間たちに揺り起こされた。起きて待っていた中には、スタークの姿もある。赤い髪の若者もまた、傭兵たちと同じくらいに熱心だ。何といっても、今夜シャリースが人質と関わった件については、彼もお膳立《ぜんだ》てに加わっていたのだ。

彼らはすでに、先に戻ったダルウィンとマドゥ＝アリから、事件の話を聞いてはいた。だがダルウィンは天幕の外におり、マドゥ＝アリは、極端に口数が少ない。傭兵たちは、情報に飢えていたのだ。

「結局、あの捕虜は何者だったんすか？」

真っ先にそう尋ねたのは、チェイスだった。

自分が乱闘の中にいなかったことを、彼は心底残念に思っているかのようだった。実際、シャリースがダルウィンではなく、この身軽な若者を一緒に連れて行っていれば、もしかするとチェイスが敵の一人を捕獲していたかもしれない。

「判らなかった」

若者の問いに、シャリースはかぶりを振った。立ったまま、焚火の上に手をかざす。

「名前は聞いたんだが、聞き覚えがなかった。まあ、俺もガルヴァの奴らに詳しいわけじゃないがな。誰か知ってるか——」

言いかけて、シャリースは口を閉ざした。興味津々《しんしん》で自分を見つめる顔の中に、スタークを見つける。

「……悪いが、スターク」

シャリースは、赤毛の若者に手を振ってみせた。

「ちょっと離れていてくれないか。ここからは、内輪の話になる」

「——でも、僕にだって、あの捕虜について考える権利があるんじゃないですか？」

スタークは果敢《かかん》に言い募った。顎を引いて、シャリースはその言い分を認めた。

「考える権利は確かにある。誰にだってな。もちろんおまえにも、興味のあることだろうよ。だがおまえは、正規軍の兵士だ。上官から何かを命じられたら、それに従わなくちゃならないだろう。例えば、バンダル・アード＝ケナードが、何を突き止め、何を企んでいるかってなことをフレイヴンに訊かれたら、答えなくちゃならない。だが、俺たちはそれを、バンダルの外に漏《も》らすわけにはいかないんだ」

　スタークはあからさまに落胆《らくたん》した顔になったが、反駁《はんばく》はしなかった。シャリースは、ママドゥ＝アリの視線を捉えた。恐らくこの中で唯一、ドゥ＝アリの正体にさしたる興味を抱いていない人間だ。

「スタークを、話の聞こえないところへ連れて行ってくれ」

　マドゥ＝アリが立ち上がると、地面の上で丸くなっていた狼も立ち上がる。一人と一匹に連れられて、スタークは渋々《しぶしぶ》、傭兵たちの輪から外れた。

　その姿が十分離れたことを見届けて、シャリースは改めて口を切った。

「あの捕虜は、セクーレって名前だそうだ。誰か、知ってるか？」

　傭兵たちは、互いに顔を見合わせた。だが、手を挙げる者はいない。

　溜息を吐いて、シャリースは続けた。

「あいつを逃がしてやって、俺たちも、どさくさ紛《まぎ》れに逃げ出しちまおうかって案があったよな？　だがそれについては、考え直さざるを得ないことになった。あの男によると、ここから逃げる気は全《まった》くないそうだ。どんな事情かは知らんが、ガルヴォ軍に戻ると、殺されるとかいう話だ。本当らしく聞こえたぜ」

「そうなると、今夜押しかけて来た襲撃者は、ガルヴォ人だったのか？」

　メイスレイが穏やかに口を開く。

「あの捕虜があっちの陣営に戻って来るのが待ちきれなくて、エンレイズ軍の中に乗り込んできたのか？」

この問いに、シャリースは唇の端を下げた。

「奴らは、エンレイズ語を話してた」

そして丹念に記憶を辿《たど》る。

「……絶対にガルヴォ人じゃなかったとは言い切れないが、おかしな訛《なま》りはなかったし、あんな場面で、無理にエンレイズ人を装う必要もなさそうだ」

「ガルヴォ人に雇われたのかも」

思案げにそう言い出したのは、ノールだ。

「金をもらえれば、ガルヴォ人のためにでさえ何でもする輩は、この辺りにも大勢いる」

「モウダーにもね」

モウダー生まれのライルが口を挟む。

「ちょっと南に行けば、すぐにモウダーとの国境ですよ。大きな町が遠いから、追い剝ぎも多い」

孤児としてモウダーの路上で生きてきたこの若者には、金をもらって人を殺す輩について、思い当たる人間が幾らでもいるらしい。

ダルウィンが肩をすくめる。

「……皆で死体を調べたが、今のところ、エンレイズ正規軍の人間じゃなさそうだってことしか、判ってないからな」

「実のところ、一人、生かしておこうと思ったんだよ。訊きたいことが色々あったからな」

その男の顔が、脳裏に生々しく甦《よみがえ》る。シャリースは顎を擦《こす》って、渇《かわ》いた血を落とそうとした。

「だが、殺しちまった。手加減してる暇がなかった」

「あんたが殺されるよりは、幾分ましだ」

メイスレイが、しかつめらしく彼を慰める。

「それに、ガルヴォ人の名前が判ったのは収穫だ。もし、その男が真実を言ったのならな」

「確かにそうだけどな」

皮肉な口調で、ダルウィンが応じる。

「ここに釘付けになったままじゃ、名前が判ったところで、何者か調べるのは至難の業《わざ》だぜ。あそこにいるガルヴァの奴らのところに出向いて、大声で訊くか？」

「まずは、フレイヴンに伝えなきゃならねえな」

シャリースは考え込んだ。

「……奴も、ガルヴァ人の名前を聞いたところで、それが誰かは知らないかもしれねえが。もしそうだとしても、周りの司令官連中に訊いて回るわけにもいかない――」

言いさして口を噤んだ彼を、傭兵たちは黙って見守った。シャリースはしばし炎《ほのお》の中を見つめ、それから部下たちへと目を戻した。

「少なくとも、ケネットの奴は、人質が何者なのかを知ってるんだ。俺たちには、絶対に明かしはしないだろうがな。だが、ケネットが、あのガルヴァ人を利用できる程度に知ってたってことは、つまり、軍の上層部には、それなりに名を知られている男だという可能性が高い。そうとなりゃ、俺たちにも、調べられるかもしれないな」

「どうやって？」

疑わしげに、ダルウィンが尋ねる。シャリースは片頬《かたほお》で笑った。

「伝手《つて》を使うさ」

5

朝食の後、アランデイルはランプの屋敷にやって来た。

肩に担いだ袋には、絹の見本が丁寧《ていねい》に収められている。ドレス用の布地見本は、広げて印象を摑《つか》むことが出来るように、どれも大きめに裁断されている。そうした気遣《きづか》いこそ、トレンストの成功の秘訣だ。百枚近くの絹が詰められた袋は、かなりの重さになった。トレンストの店には、それを嫌がる使用人も多い。だが、大剣を腰に吊《つ》るし、全財産を担いでどこへでも行軍していた元傭兵《ようへい》にとっては、さして辛い仕事ではない。

前日に訪れたミラスティンの家ほどではないが、ランプの屋敷もまた、立派な建物だった。

先祖から受け継いだものであったとしても、維持していくには、それなりに費用が掛かるはずだと、アランデイルは見て取った。彼は、貴族たちの家計が如何《いか》なるものかを承知していた。称号が、すなわち富をもたらすものだとは限らない。先祖伝来の財産で豊かに暮らせる貴族もいれば、生きるために、身を粉にして働かなければならない貴族もいる。アランデイルが今までに聞き込んだところによれば、どうやらランプは後者のようだった。

絹の見本を担いだアランデイルは、そのまま、女主人の待つ居間へと通された。

ランプは結婚したことがないと、アランデイルは予《あらかじ》め、店の仲間から聞いていた。この屋敷の女主人は、ランプの母親だった。髪を黒く染めた、年輩の女性だ。かつてはそれなりに美しかったかもしれないが、不健康に太り、顔色も悪い。眉間《みけん》には深い皺《しわ》が刻まれている。新顔のアランデイルにも、興味を惹《ひ》かれた様子はない。

だが、アランデイルも、気難しい女主人の相手をする覚悟は固めてきていた。

アランデイルには関心を抱かなかったものの、テーブルの上に所狭しと並べられた滑らかな布地を吟《ぎん》味《み》することには、彼女もそれなりの楽しみを見出《みいだ》したようだった。アランデイルは、トレンストの店で働くようになってから得たありったけの知識を使って、一枚一枚の特性を解説し、かつ、彼女の好みを突き止めようとした。彼の観察によると、どうやら彼女は黄色が好きなようだ。

アランデイルは黄色の数枚を特に勧め、相手も遂に、心を動かされ始めた。おまえは商人に向いていると、昔シャリースに言われたことを、アランデイルは思い出していた。だがシャリースはその後で、天職は詐欺師《さぎし》だがな、と付け加えたものだ。

ともあれ、アランデイルは商人として、彼女にドレス一着分の絹を売りつけるところにまで漕《こ》ぎつけた。長い時間が掛かったが、その分、達成感はひとしおだ。

だが、その値段を聞いた途端、彼女は派手に顔をしかめた。

「高くなったわねえ」

聞こえよがしにそうこぼす。だがアランデイルの知る限り、絹の価格は、ここ数年あまり変わっていないはずだ。つまり彼女の感想は、この家の経済状態があまり良くないという事実を示唆《しさ》している。

しかしもちろん、出入りの商人として、そんな不《ぶ》躾《しつけ》なことを口にするわけにはいかない。

「近頃は何でも値上がりしてますから」

すかさず話を合わせる。アランデイルの気遣いを察したか、ランブの母は、初めて彼に笑みを見せた。好感触を得られたことに、アランデイルもほっとした。

「この布に合うボタンを、店からの御奉仕《ごほうし》としてお付けしますよ」

そう、駄目押ししてみる。

「仕立ての際に俺を呼んでもらえれば、よさそうなものを見繕《みつくろ》ってお持ちします」

「まあ、それはありがたいわ」

女主人の顔に、本物の喜びが浮かんだ。絹のドレスに付けるボタンとなれば、それなりに値段が張る。経済的に追い詰められつつある女性にとっては、切実な問題だ。

「孫が――娘の子供たちですけどね、大きくなってくると、あれこれお金も掛かるでしょ。娘の亭主は稼《かせ》ぎがあまり良くなくて、結局うちでお金を出さなきゃいけないの」

「判りますよ」

如才なく、アランデイルは老女に同情してみせた。

もちろん、一介の使用人であるアランデイルが、店の品物を勝手に客へ贈るわけにはいかない。ボタンの代金には、ヴァルベイドから預かった資金を充てることになる。それだけの価値はあるはずだ。

「俺はまだこの町で働き始めたばかりなんですが」

テーブルだけではなく、椅子という椅子の上にまで広がっていた絹をゆっくりと片付けながら、アランデイルは世間話をする口調で切り出した。

「最初に聞いたのが、ストリーきっての有力者が殺されたって話なんですよ。この家の旦那様と、エンレイズ軍のために働いてらした方だそうで……」

「ええ、ミラスティン様ね」

女主人は、椅子に深く座り直した。

「お気の毒に――ええ、全《まった》く、我が家にとっても大打撃だったわ」

死者を悼《いた》んでいるというよりは、悔しがっているような口調だった。同情を込めて、アランデイルはうなずいた。

「そうでしょうとも。犯人は、まだ捕まっていないんですね」

「調べているのが、あんな無能な役人じゃね」

彼女の表情に、強い軽蔑と嫌悪の色が浮かぶ。

「あろうことかあの人たちときたら、私の息子を疑ったのよ！　冗談じゃないわ、本当に、無礼な人たち！　うちから叩き出してやったわ。私の息子はね、れっきとした爵位《しゃくい》を持ってるし、宮廷にもお友達がいるのよ。その気になれば国王陛下にだって、ご意見を差し上げられるんですからね」

相槌《あいづち》を打ちながらも、アランデイルは、役人の窮状《きゅうじょう》を思いやり、憐《あわれ》みを禁じ得ない気持ちになった。なるほど、事件の調べが進まなかったのも無理はない。

「ミラスティン様は、誰かと密会の手筈《てはず》を調えていたそうですね」

アランデイルは、穏やかに彼女を遮《さえぎ》った。

「密会の相手は、一体誰だったんでしょうねえ。誰もそれを知らないというんですよ」

ランブの母は、大きく息を吐《つ》いて呼吸を調えた。

「そうね……確かにそこは、おかしなところなのよ。あの方はとても社交的で、賑《にぎ》やかなことがお好きだったの。誰かと二人きりで会うなんて——人に知られちゃまずい関係だったってことよね」

「そういうふうに見えますね」

アランデイルが顎《あご》を引くと、彼女はその見解を打ち消すように片手を振り回した。

「でもねえ、たとえ愛人がいたのだとしても——そんな話は聞いてないけど——あの方が、人目を忍んでこそこそと会うなんて、信じられないわ。私もあの方とは親しくさせていただいてたけど、あの方は、たとえ誰かの奥様と懇《ねんご》ろになったとしても、夫のほうに大金を渡して、堂々と連れ歩いてらしたでしょうね。そういう方だったわ。相手がよほどの大物でない限りはそうしたでしょうし、ストリーには、あの方以上の大物はいなかったんですから」

アランデイルは眉《まゆ》をひそめてみせた。

「実際に、ミラスティン様は、そういうことをなさったことがあったんですか？　……つまり、何か道義に外れることをして、地位と金で解決したとか？」

「……」

老女は口を噤《つぐ》んだ。アランデイルの問いは、どうやら痛いところを突いたらしい。

だがすぐに、彼女は取り澄ました表情を作った。

「そんなことがあったとしても、私は知りませんよ」

「そうですか」

アランデイルは、絹をまとめ終わった。

「それでは、これで失礼します。品物はすぐにお届けします。ボタンの件はお任せください」

彼が一礼すると、ランプの母は呼び鈴を鳴らした。すぐさま、若い娘が顔を出す。

「何でしょう、奥様」

「リリア、この若い方を――」

老女は言葉を切り、アランデイルを見やった。

「お腹は空いてる?」

「はい」

正直に、アランデイルは応じた。図々しいのは彼の性分だ。それに実際、腹は減り始めていた。太陽の位置は見えなかったが、恐らくもう、昼近くになっている。

相手は寛大《かんだい》にうなずき、娘のほうへと向き直った。

「台所にお連れして、何か差し上げて」

アランデイルは見本を担ぎ、リリアと呼ばれた娘の後について居間を後にした。

リリアは十七、八の、ほっそりとした娘だった。腰にまで届く赤い髪を首の後ろで束ね、大きな緑色の瞳は生き生きと輝いている。表情にはまだ幼さが残っているが、あと二、三年もすれば、自分好みの美女になるだろうと、アランデイルは確信を抱いた。

だがアランデイルはその分析を、胸の内にしまい込んだ。今は、そんなことに気を取られているときではない。

二人は広い台所に入った。アランデイルは、隅《すみ》に置かれた、大きな古いテーブルに案内された。反対側の隅では、腰の曲がった老婆《ろうば》が、黙々と調理に励んでいる。

「ねえ、スープはもう煮えた⁉」

老婆の側《そば》に行ったリリアが、大きな声で話しかける。老婆は耳が遠いらしい。老婆の返事は、アランデイルには聞き取れなかった。

すぐに、リリアはテーブルのほうへ戻ってきた。戸棚を開ける。

「残念だけど、牛肉のスープはまだ煮えてないんですって。だから、大したものはないんだけど」

言いながら、彼女は大きなソーセージの皿をアランデイルの前に置き、パンの塊《かたまり》とナイフを取り出した。アランデイルは、彼女の滑らかな頰《ほお》を観察した。そばかすだらけだが、みずみずしい。

「君とお喋《しゃべ》りしていられるんだったら、実のところ、食べ物なんかはどうでもいいね」

リリアは目を上げ、にっこりと笑った。切り取ったパンをソーセージの横に置き、アランデイルの斜《はす》向《む》かいに腰を下ろす。

アランデイルは出されたものを食べ始めた。ソーセージは少しばかり塩がきつかったが、今朝焼いたらしいパンは、柔らかくうまかった。リリアはテーブルに肘《ひじ》をつき、興味津々《しんしん》といった様子で、アランデイルを見つめている。

「奥様はあなたから何か買ったの？」

「黄色い服地を、ドレス一着分」

アランデイルは、パンを飲み込んで答えた。

「ちょっと赤みがかった色で、綺麗《きれい》だよ。君もそのうち見ることになるだろう」

「そうね、私も黄色は大好き」

リリアは無邪気に笑う。アランデイルはソーセージにかぶりついた。

「ところで、君のところの御主人は何をしてる？」

唐突な問いに、リリアが目を丸くする。アランデイルは漠然《ばくぜん》と片手を振ってみせた。

「いや、殺されたミラスティン様のところで働いてたって話は聞いたんだけどさ。今は何してるん

「旦那様は、軍の物資の目録を整理してるわ」

　リリアは、新参者の好奇心を満たしてくれた。

「もう少ししたら、お昼を食べに戻って来るわよ」

　パンをちぎりながら、アランデイルは彼女へ目くばせした。

「君と仲良くしているところを見られたら、俺はランブ様に摘《つま》みだされるかな？」

　リリアは憤慨《ふんがい》した顔つきを装って、顎を上げてみせた。

「それ、私が旦那様の愛人か何かなのかと訊《き》いているようにも取れるわよ。ちょっと失礼じゃない？」

　無邪気な娘の表情の下に、健全な意識と明晰《めいせき》な頭脳を兼ね備えていることを、彼女は示してみせた。

　アランデイルはにやりと笑った。

「彼がその気だってことは、十分に考えられるだろう？　こんな美人が家の中にいるのに、気付かないふりなんか出来るはずがない」


　この世辞に、リリアは気を良くしたようだった。

「旦那様は、お仕事のことで頭が一杯よ。今は、昔のお仕事って言ったほうがいいかしら。帳簿《ちょうぼ》を見るのに忙しくて、私のことなんか目に入りもしないわ」

「独り身だって聞いたんだけど」

「奥様が厳しすぎるからかもしれないわね。あの方が姑《しゅうとめ》じゃあ……」

　リリアがぐるりと目玉を回してみせる。アランデイルは笑った。

「じゃあ、ランブ様は、外に美人の知り合いがいるのかな」

「もし旦那様に愛人がいたら、そっちにも絹を売りつける気なの？」

　リリアの唇《くちびる》に、からかうような笑みが浮かぶ。

「でも私の知る限り、旦那様は、どこかに愛人を囲ってたりはしないわ。残念だったわね」

　アランデイルは肩をすくめた。

「ランブ様に愛人がいなくても、うちの店の商売は、何とかやっていけると思うよ」

パンを嚙《か》み、飲み下す。そして彼は娘のほうへと身を乗り出した。

「ミラスティン様が亡くなって、君の御主人はいい仕事を失くしちまったんだな。大変だったろう」

つられたように、リリアもテーブルの上へ身を乗り出す。耳の遠い老婆には、彼らの話は聞こえていなかっただろうが、彼女は声を潜《ひそ》めた。

「そうなの。旦那様は、そのお仕事を取り戻したがっているのよ。でもミラスティン様のお役目を引き継いだコニガン様には、絶対に、頭を下げたくないんですって。コニガン様を、蛇《へび》みたいに嫌ってるの」

アランデイルは、考え込むように間を置いた。

「それは、ミラスティン様が殺されたことと、関係があるのかな？　つまり、コニガン様がミラスティン様を殺したと、君の御主人はそう思ってるとか？」

途端に、リリアは用心深い目つきになった。話題が核心に触れたことに、勘付いたらしい。

「——私には判らないわ」

ゆっくりと、リリアは首を振った。

「でも、ミラスティン様とコニガン様は、昔から敵同士だったから、うちの旦那様も、コニガン様のことを敵だと思ってたんじゃないかしら」

それも有り得ると、アランデイルは認めた。

「なるほどね。ランブ様は、ミラスティン様に忠実だったんだな」

しかし、ランブとかつての主人との繫《つな》がりが、忠誠だったのか、それともただの利害関係だったのかは、彼には知りようがない。それについては、リリアが説明を加えてくれた。

「そうね。うちの旦那様は、ミラスティン様と馬が合ったみたい。ミラスティン様は、気前のいい方だったし……」

言いさして、彼女は溜息《ためいき》を吐いた。彼女もまた、れない。ミラスティンが、使用人たちに対しても富の分配を惜しまぬ男であったことは、アランデイルも聞いている。

「じゃあ、ランブ様とミラスティン様は、一緒に酒を酌み交わすような仲だった？」

リリアはこの問いに、片眉を吊り上げた。先刻とは違い、今度は本気で腹を立てたようだ。

「まあ、変なことを言うのはやめて、アランデイル。旦那様がミラスティン様に毒を盛ったとでも思ってるの？　冗談じゃないわ。ミラスティン様が亡くなった時間には、旦那様は確かにうちにいたのよ」

「——そうか」

アランデイルはうなずいた。だがランブは、ミラスティンの側近だった。恐らく彼には、飲み物に毒を入れる機会くらい、幾らでもあったのだ。それを忘れるわけにはいかない。

ふと、彼はリリアの緑色の目を見つめた。

「ところで、俺は君に、名前を教えたっけ？」

赤い髪の娘は、喉《のど》を鳴らして笑った。機嫌を直してくれたようだ。

「トレンストのお店に来た新入りの話は有名よ。市場で、よそのお宅で働いてる女の子たちとお喋りしてたとき、あなたの名前を聞いたわ。あなたがアランデイルでしょう？」

アランデイルは笑みを返した。

「その通り。俺もさっき、君の名前を聞いたよ、リリア。これで、俺たちは友達になれた？」

「そうかもしれないわね」

両手をテーブルについて、リリアは立ち上がった。

「でも、私はそろそろ仕事に戻らなくちゃ。あなたもでしょ、アランデイル？」

わざわざもう一度名前を呼んでくれたことに、アランデイルは手応えを感じた。これで、彼女と近付きになれたのだ。

彼はソーセージの残りを飲み込み、絹の見本を担いで、台所を後にした。裏口から外に出たが、そのまま表へと回る。リリアは、主人がじきに戻って来ると言っていた。となれば、さほど待つことなく、ランブの顔を見ることが出来るはずだ。

実際には、アランデイルは危ういところで、渦中の人物を見逃すところだった。彼が表に回ったとき、ランブはちょうど、門を潜《くぐ》ろうとしていたのだ。

アランデイルはこの貴族の男の姿を、このとき初めて目にした。ランブは、冴《さ》えない小男だった。どこかに痛みを抱えているかのように、眉間に深い皺を刻んでいる。もし、召使いがわざわざ彼のために門を開けてやっていなければ、アランデイルにはそれと判らなかったことだろう。

アランデイルは目を眇《すが》めて、屋敷へと入っていくランブの後ろ姿を見送った。確かにリリアの言う通り、ランブは、色恋沙汰《ざた》に現《うつつ》を抜かす類《たぐい》の男には見えなかった。

だが、人は見掛けによらないのだということも、アランデイルは承知していた。


モウダーの首都ジャルドゥは、活気に溢《あふ》れている。北に位置するエンレイズとガルヴォの国境では、いつ、血生臭い戦闘が勃発《ぼっぱつ》するか判らぬ状況だった。だが、そこがモウダーの領土でない以上、彼らには関わりのないことなのだ。それにジャルドゥからは、十分な距離が開いている。現在のところ、流通にもさしたる影響はなく、ジャルドゥの人々は、国境に陣を敷く両軍を傍観《ぼうかん》していた。

二つの大国に挟まれた小さな国モウダーは、どちらの国とも友好的に付き合うことで、国としての体《てい》裁《さい》を保っている。両国の戦争が長引いている背景には、モウダーの存在があるといっても、過言ではない。モウダー人は、食料を食い尽くしたエンレイズ人にパンを売り、武器を失くしたガルヴォ人には剣を売る。もしモウダーが、どちらか一方に肩入れしていたら、この戦争は、とうの昔に決着していたかもしれない。

トルクスは、二人の仲間とともに、ジャルドゥへ入っていた。

ガルヴァ陣営に出入りしている商人が、司令官からの手紙を運んで、ここジャルドゥへやって来たのだ。平服に着替えたトルクスたちはその後を追って、緊張状態の続く国境から、平穏で賑やかなジャルドゥまで辿《たど》り着いた。

そこまでは、楽な仕事だった。商人は途中、幾つかの小さな町や村に立ち寄ったが、懐《ふところ》から手紙を取り出そうとはしなかった。そもそもそうした、住民が全て顔見知りであるような集落は、ガルヴァ軍の司令官と繋がりのある人物の居場所として、あまり適当とは言えない。恐らくは、首都ジャルドゥだろうと、トルクスたちは初めから当たりを付けていた。この広く猥雑《わいざつ》な町には、ありとあらゆる人間が共存している。

人の多さは、トルクスたちにとっても、格好の隠れ蓑《みの》だった。彼らは、問題の商人が荷車を預け、他の仲間たちと挨拶《あいさつ》を交わす様子を、すぐ側で見張ることが出来た。話し声さえ聞こえた。剣を吊るした自分たちは、どこかの建物から雇い主が出てくるのを待っている、用心棒か何かに見えるだろうということも判っている。実際ジャルドゥには、それを生《なり》業《わい》にしている兵士崩れが幾らでもいるのだ。

「すぐにも飲みに行きたいが、届け物を頼まれててよ」

トルクスたちになど目を向けもせずに、商人は仲間たちへそう話していた。

「まずはそっちから行かねえとな。急げって言われてんだ」

商人はその場から離れた。トルクスと二人の仲間も、少し距離を置いて後に続く。

やがて商人の姿は、裏通りにある、一軒の店へと吸い込まれた。

トルクスに無言で肩を叩かれ、傭兵の一人が後を追って、同じ店へと入る。その間、トルクスと残る一人は、二手に分かれて店の出入口を見張った。使いの商人が、今入って行った表から出ようと、裏から出ようと、そのまま尾行できる態勢を調える。

トルクスは、表を見張った。何を扱っている店なのか、彼がいる場所からは判然としない。人は出入りしているのだが、何かを売り買いしているようでもない。

待つまでもなく、店に入った仲間がかぶりを振りながら出てきた。ぶらぶらとトルクスの側にやって来る。

「場違いな奴が来たって顔されちまったぜ」

彼はトルクスへ、そう報告した。

「店っていうより、事務所か何かみたいだった。少なくとも、金さえもってりゃ誰でもお客ってえ類の店じゃないな。人を捜して迷い込んだふりして、早々に退散してきたよ。十人ばかりが、書類を見ながらうろうろ歩き回ったり、頭を突き合わせて相談したりしてた。俺たちが追ってた野郎もいたぜ。隅っこで、細長い野郎に手紙を渡して――おっと、出てきやがったぜ」

トルクスは、裏口を見張っていた仲間へ、素早い合図を送った。彼らがここまでつけてきた商人が、来た道とは別の路地へと歩き去ろうとしている。のんびりとした足取りで、尾行に気付いている様子はない。

裏口を見張っていた男は、トルクスたちに目でうなずきかけ、商人の後を追った。既に数日もの間、この商人の背中を見続けている。見間違うはずがない。

落ち合う場所は、予め決めてあった。夜になれば、商人の足取りはトルクスに残らず伝えられるはずだ。

店を覗いた傭兵は、報告を続けた。

「あの商人から手紙を受け取った細長い男は、その場で手紙を開いて読んだ。難しい顔してたが、まあ、手紙を見る前にも、特ににこにこしてたわけじゃねえな。だが察するに、あまりいい知らせじゃなかったらしい」

トルクスはうなずいた。視線は、店の入口に据《す》えている。

「手紙を読んで、それから？」

「さっさと懐に入れた。誰にも見せる気はないようだった」

そのまま二人は、店を見張った。

一時間ほど経った頃、トルクスは仲間に腕を叩かれた。今まさに、一人の男が店から出ようとしていた。

「あいつだ」

彼の描写した通り、その男は背が高く、肩幅が狭かった。五十がらみで痩《や》せており、額《ひたい》が禿《は》げ上がっているせいで、長い顔が余計に長く見える。

「おまえはこの辺りで、あの店を探れ」

トルクスは指示した。


「出来れば、あそこで何が行われているのか突き止めろ」

相手の肩を軽く叩いて、トルクスは、手紙を受け取ったという男の後を追った。

トルクスは追跡に慣れている。そして、ジャルドゥの町についてもよく知っている。彼は距離を取ったまま男をつけ、中心部から少し離れた、一軒の家までやって来た。男はその中に入り、そして、出てこない。入ったときの様子から、そこが、男のねぐらだろうと、トルクスは推測《すいそく》した。

そのとき、一人の中年の女が、問題の家の、二軒隣から姿を現した。

トルクスは、困惑したふうを装いながら、彼女に近付いた。

「この通りの名前を教えてくれないか？」

道に迷った旅人だと、彼女はそう考えたのだろう。迷惑そうな顔もせずに、彼女は通りの名前を教えてくれた。トルクスは、教えられた名前に首を傾げ、そして辺りを見回した。

「じゃあ、あれが、フェクト殿の家か？」

尾行してきた男の家を指し、適当な名前を口にする。女は首を伸ばして、その家を見やった。

「え？　あれは、ヘリメルークっていうエンレイズ人の家だよ。フェクトだって？　そんな人、この辺りに住んでたっけね？　あたしも、ここに越してきて、まだ五年でね」

もし、あの細長い男がオルドヴという名であったのなら、彼らの仕事はすぐに終わるはずだった。

だがトルクスも、そこまでの僥倖《ぎょうこう》は期待していない。オルドヴはモウダーに家を持っていると聞いたが、彼がガルヴァの政界に身を置いている以上、国を長く離れることは考えにくい。

女は親切にも、見ず知らずのトルクスのために、フェクトという男について頭を絞ってくれた。トルクスは溜息を吐いてみせた。

「もしかしたら、もう引越しちまったかな。でなければ、俺の記憶違いかもしれない」

仕方がないと言いたげに、彼女はうなずいた。モウダーの首都は人の出入りが激しい。町の作りも複雑だ。人一人がどこかへ行方を晦《くら》ましてしまい、捜し出せないことなど、日常茶飯事である。

「ジャルドゥだからね」

トルクスも、彼女へうなずき返した。

「ああ、ジャルドゥだからな」

女に礼を言い、彼は踵《きびす》を返した。


バンダル・ルアインが、偵察《ていさつ》任務からようやく戻ってきた。

万一にも敵と接触しないよう、彼らは大きく迂回《うかい》しながら、ガルヴァ陣営の様子が見渡せる丘へと登ったのだ。敵陣営を窺《うかが》い知るためには、空を飛ぶ以外に、それしか方法がなかった。時間は掛かったが、成果はあったらしい。

テレスはまず、雇い主の元へ報告に行った。その間に彼の部下たちは、他のバンダルの傭兵たちに、仕入れてきた情報を分けてくれた。これは極秘事項ではない。もちろん、正規軍の兵士たちに漏《も》らして、いたずらに動揺《どうよう》させるわけにはいかないが、傭兵仲間には、知らせておいたほうがいい。いざというとき頼りになるのはやはり、正規軍の兵士たちではなく、傭兵仲間なのだ。たとえ、雇い主の意向でそれぞれに違う行動を取らなければならなかったとしても、彼らは出来る限り助け合うことにしている。

だが、今回バンダル・ルアインがもたらした情報は、仲間たちを喜ばせはしなかった。

「まずいことになってる」

雇い主の天幕から出てきたテレスは、外で待ち構えていたシャリースに、そう教えてくれた。

二人は連れ立って、傭兵たちが野営《やえい》をしている場所に向かった。周囲の兵士たちの耳に届かぬよう、テレスは声を抑えている。

「ガルヴォの奴ら、大軍だ。こっちの二倍とまでは言わないが、数で俺たちに勝《まさ》ってるのは確かだな」

口調は淡々としていたが、眉間には微《かす》かな皺が刻まれていた。テレスは滅多なことでは動じない。だが彼がこの事態を喜んでいないことは、シャリースにも判った。

シャリースは彼を、自分の火に招いた。秘蔵のブランデーを、水筒ごと渡してやる。

バンダル・アード＝ケナードの面々は、バンダル・ルアインの隊長を歓迎したが、隊長二人の会談を邪魔しようとはしなかった。遠巻きに、彼らを眺めている。

シャリースは火の上で、両手を擦《こす》り合わせた。

「……ということは」

薪《たきぎ》の上に腰を下ろし、水筒の固い栓を抜こうとしているテレスへ目くばせする。

「今ここには、両軍合わせて、結構な人手があるわけだ。皆でこの辺を耕して、豚でも飼えば、来年には、本国から食料を送ってもらわなくても、十分暮らせるようになるぜ」

シャリースの軽口に、年嵩《としかさ》の傭兵隊長は唇の端を下げた。ブランデーを口に含み、舌の上でじっくりと味わい、そして飲み下す。

「……それは、農民の発想だな」

この感想に、シャリースは肩をすくめた。

「俺は、農家の出でね」

「ああ、知っている」

さらに一口、テレスはブランデーを口に含む。

「だが俺は町の出で、土の耕し方も知らないし、やりたいとも思わん。それにこんなきわどい場所じゃ、何を植えようと、収穫前に焼き尽くされるのが落ちだろう」

「それは、あのガルヴォ人の人質次第だな」

シャリースは顎で、天幕のあるほうを指してみせた。テレスが唇を歪《ゆが》める。

「昨夜、誰かに殺されそうになったらしいな」

どうやらその話は、雇い主の天幕で聞いたらしい。その目に、面白がっているような光が宿る。

「それとも、おまえが殺そうとしたのか?」

「俺がどうして、あの男を殺さなきゃならないんだ」

シャリースは眉を吊り上げた。

「知らないのか? 俺が、あの大事な人質を守ってやったんだぜ。さっきあんたの雇い主のところで、俺に対する感謝と称賛の言葉を聞かなかったのか?」

「あそこで聞いたのは、おまえに対する疑惑だけだ」

テレスの返事は素っ気ない。

「おまえがあそこに居合わせたのは、つまり、おまえこそが犯人の一味だからじゃないかと言われていた。どさくさに紛《まぎ》れて、天幕の中にまで入り込んだそうだな。あのガルヴォ人をどうするつもりだったんだ?」

水筒を傾けながら、テレスはシャリースの様子を窺っている。恐らく雇い主の天幕で、バンダル・アード＝ケナードに関する、ありとあらゆる悪口雑言《あっこうぞうごん》を聞かされたに違いない。だが正規軍の司令官から何を吹き込まれようと、それで認識が変わるほど、彼とシャリースとの付き合いは浅くない。

そして、シャリースが何か良からぬ企《たくら》みを実行したということを察する程度には、テレスは彼を知っている。

シャリースは苦笑した。

「ちょっと、話をしただけだ」

だがテレスは、それを信じたふりさえしなかった。

「おまえみたいなごろつきを雇ったことがそもそもの間違いだと、フレイヴンに対する不平も持ち上がっている」

まるでその意見に賛同しているかのような口ぶりで言い、ようやく、ブランデーの水筒を返して寄越す。シャリースはそれを受け取り、自分も一口味わった。そして肩をすくめる。

「有能な男は、やっかまれるもんだ。俺もあいつも慣れてるよ」

これ見よがしに、テレスは溜息を吐いた。そして、無意識のように声を落とす。

「あのガルヴォ人は誰なんだ？」

シャリースは正面から、年嵩の傭兵隊長の目を覗《のぞ》き込んだ。

「これは、言い触らして欲しくないんだが」

「判ってる」

「セクーレという名前だそうだ。知ってるか？」

一瞬だけ、テレスは考え込んだ。

「……いや」

短い返事に、シャリースはうなずいた。落胆《らくたん》はしなかった。今朝早く、フレイヴンにも尋ね、知らないという答えを受け取ったのだ。テレスが知っている可能性が低いことは、判っていた。

水筒に栓を押し込んで、シャリースは漠然と遠く

を指した。

「今、その名前を、心当たりに問い合わせてる。名前だけでなく正体まで判ったら、利用できるかもしれないからな」

テレスは眉を寄せた。

「あそこに鎮座しているガルヴォ軍と、戦わずに済ませられるか？　それを考えてるんだろうな？」

「俺はいつだって、楽して金を稼ぐ方法を考えてるさ」

シャリースは頬傷のある男へ、にやりと笑いかけてみせた。

「だが、それがうまくいくかどうかは判らない。今のところ、あまりうまくいっていないような気がするな」

ちらりと部下たちへ視線を投げる。黒衣の傭兵たちの中に、目立つ赤毛の、正規軍兵士が交じっている。

スタークは、傭兵たちの中で寛《くつろ》ぐことを覚えていた。彼がチェイスやライルに話したことを伝え聞くに、彼にとって一番の敵は、この野外生活そのものだったらしい。彼は軍に入るまで町に暮らしており、これほど寒い思いをしたことはなかったというのだ。

だが、野営に慣れた傭兵たちに寒さをしのぐ方法を伝授され、ダルウィンの食事に甘やかされて、彼もだいぶ慣れてきていた。火に当たりながら、チェイスたちと笑っている。

バンダル・ルアインの隊長は、ゆっくりと立ち上がった。

「とにかく、今日は休めそうだ。昨夜は寝ていない」

「ガルヴォの奴らが動き出したら、手紙を書いて知らせてやるよ」

テレスは鼻《はな》で笑った。濃青色のマントを翻《ひるがえ》して、自分の野営場所へと戻っていく。そこでは彼の部下たちが、自分たちの火を起こして、隊長を待っている。

さりげなく聞き耳を立てていたらしいダルウィン

が、シャリースの側へ寄ってきた。

「バンダル・ルアインの連中は、疲労困憊《こんぱい》だな」

テレスの後ろ姿を顎で指す。シャリースは大きく息を吐き出した。

「俺もだ。待つのは疲れる」

「ああ」

つられたように、ダルウィンも呻《うめ》いた。二人は黙って、炎《ほのお》に薪を放り込んだ。


ストリーの町に入る荷馬車は、毎日のように、各地の戦場で倒れた傷病兵を運んでいる。

ヴァルベイドは出来る限り、彼らを受け入れるようにしていた。町の者からは治療費を受け取ったが、前線から送り返された兵士からは、銅貨一枚取らないのが、彼の方針だ。

確かに金にはならないが、ヴァルベイドは頓着《とんちゃく》しなかった。傷病兵たちは、戦場からの最新情報を伝えてくれる。彼にとって最も大事なのは、その点だった。前線の様子を把握《はあく》するためならば、僅《わず》かな治療費など取るに足らない。

傷病兵の中には、助からない者もいる。運ばれてきたとき、既に息絶えている者もいる。

遺体は軍の担当者が引き取ったが、ヴァルベイドはその前に、死者の身体を出来るだけ綺麗にしてやるようにしていた。彼自身、幾度も軍と行動を共にした。家族も戦友もいない場所で、一人きりで死ぬということが、どういうことかを知っている。

意図していたわけではなかったが、彼の慈善的な行為は、軍関係者にも、町の人々にも、好感を与えたようだった。

軍事物資が運び込まれ、運び去られる現場に彼が足を踏み入れても、迷惑そうな顔をする者はいない。作業に当たっている者たちは、軍服を着ている者も、着ていない者も、ヴァルベイドに挨拶し、話しかけさえした。

そうしてヴァルベイドは、ミラスティンの死によって利益を得た男を、間近に観察できるようになった。

死者の仕事を引き継いだコニガンは、精力的に、晴れがましいこの任務に取り組んでいるようだった。ヴァルベイドの見るところ、陽気そうな目をした小太りの男で、誰かの飲み物に毒を入れるような陰湿さは微塵《みじん》も窺えない。荷物の振り分けを大声で指示する様子は、元気一杯で、楽しげですらある。

だが一方で、新しい部下たちは、彼をあまり評価していない。

「まあ、まだ慣れてないんだろうさ」

その朝、一人の男が、ヴァルベイドにそう説明してくれた。軍服を着てはいるが、紺色は、大分色が褪《あ》せてしまっている。もう十年以上、ここで働いているのだという彼は、新しい責任者を容赦なく批判する。貴族というだけで、何の実績もなく軍の物資を動かす役割が与えられたコニガンに、彼はさしたる好意を抱いてはいない。

しかしだからといって、コニガンを特別に嫌っているわけでもないらしい。身分を使って軍の中に食い込む者は大勢いる。死んだミラスティンでさえも、そんな貴族の一人だった。男はただ単に、ヴァルベイドを相手に仕事の愚痴《ぐち》をこぼしているだけなのだ。

「要領が悪いというか——何をするにも時間が掛かってね。ミラスティン殿とは全然違うやり方をしようってんで、こっちも混乱しちまって」

「そうなのか」

ヴァルベイドは少しばかり驚いた。

「前のやり方をそのまま踏襲すればいいのだとばかり思っていたが」

「まあ、ご当人にも、色々と思うところがあったんだろうさ」

相手は肩をすくめる。

「ミラスティン殿は、運ばれてきた物資を、一度倉庫に収めて、それから配分してたんだ。ほら、あそこがそうだ」

作業場の外れにある、巨大な建造物を指し示す。

「だが、コニガン殿は、そのやり方が嫌いでね。二度手間だというんだ。まあ確かに二度手間には違いないが、荷物を運んでくる奴らだって人間だ。一刻も早く荷車から荷物を下ろして、飲みに行きたいと思ってるわけさ。だがコニガン殿は、そういう奴らの心情を判ってないんだな」

苦々しげな男の声音に、ヴァルベイドは苦笑した。

「ミラスティン殿は、その辺りのことを、ちゃんと心得ていたようだな」

「おうよ、いい人だった。あんなふうに、荷車の渋滞《じゅうたい》をこしらえることもなかった。どれ、ちょっと行って、あいつらが動けるようにしてやらねえと」

男は仕事に戻り、ヴァルベイドも、自分の診療所へ戻った。

歩きながら、ヴァルベイドは、甘い仕事ぶりに首を捻《ひね》った。

確かに、コニガンは仕事に慣れておらず、要領も悪い。改善すべきことは幾らでもある。あんなふうに荷車を待たせていては、町の交通事情にも支障を来《きた》す。

だが、彼のやろうとしていること自体は、悪いことではないように見えた——少なくとも、軍事物資の、効率的な輸送という点においては。

荷運び人にも休息は必要だ。だが、仕事を放り出させ、飲みに行かせていいはずがない。彼らが酒場で楽しく過ごしている時間だけ、前線への物資の輸送は遅れるのだ。

ヴァルベイドが診療所に着いたのと殆《ほとん》ど同時に、アランデイルが姿を見せた。

金髪の若者は、背中に大きな荷物を背負っていた。仕事の途中らしい。

診療所の入口で、ヴァルベイドはアランデイルに挨拶した。扉を開けて、入るように促《うなが》す。

温かいものでも？」

「いや、結構です」

アランデイルはかぶりを振った。

「これから、ミラスティンの未亡人のところへ行くんですよ。先生のご要望に従ってね」

荷物を背負い直しながら、彼は素早く周囲を窺った。声を落とす。

「昨日は、ランブの家に行ってきました。ランブの母親によると、ミラスティンは何か、良からぬことに手を染めていた節がありますね――他人の妻に手を出すよりも悪いことに」

「どういうことだ？」

ヴァルベイドは眉を寄せた。

「判りません」

あっさりと、アランデイルは応じる。

「その件については、彼女は口を噤んでます。何かを知っているように見えましたが、その辺は、先生が自分で確かめてみたらどうですか」

考え込むふりをして、ヴァルベイドは無精髭《ぶしょうひげ》の出ている顎を撫《な》でた。

「一体私にどうしろって言うんだ？　病気でもない御婦人のところへ押し掛けていって、診察と称して尋問しろと？」

「いっそ拷問《ごうもん》してみたらどうですか。先生のところには、医者が使う、見るからに痛そうな器具が一杯あるでしょう」

アランデイルは白い歯を見せて笑った。

「まあ、拷問するより、袋一杯の金貨を渡したほうが、彼女の舌は滑らかに動くかもしれませんけどね。彼女は金に困ってます。娘一家に金を吸い取られてるらしい」

「そんな大金は、ここにはないよ」

「じゃあ、彼女のことはひとまず忘れましょう」

惜しげもなく、アランデイルは提案を引っ込める。そして続けた。

「ランプは、殺人犯としては有望です。いつなりと、ミラスティンの飲み物に毒を入れる機会があったという点ではね。でも、あの家で働いている女の子によれば、ミラスティンが死んだ夜、ランブは自宅にいたそうです」

　黒髪の医者は、相手をまじまじと見つめた。

「……その女の子の言葉は、信用できるのか?」

　アランデイルはうなずいた。

「俺は信じますね。彼女があの小男に、ひとかたならぬ愛情を抱いているようには見えませんでしたから」

　しかしそう言われても、ヴァルベイドはにわかには納得できない。

「だが、小男だろうと何だろうと、ランブはその彼女の雇い主だろう?」

「たとえランブが破滅したとしても、彼女は他に幾らでも、いい働き口を見つけられる娘ですよ」

　アランデイルの返事は、確信に満ちていた。

「既に落ち目になっている主人を、彼女が危険を冒してまで庇《かば》う理由なんか、一つも思いつきませんね」

　そう断言してみせる。そして彼の見識には、ヴァルベイドも一目置いている。

　若者は手を振って仕事へと戻って行き、、ヴァルベイドは一人、その場に残された。

　しかし、ゆっくりと考え込んでいる暇はなかった。ほどなくして、一人の兵士が彼の元へと運ばれてきたのだ。

　兵士は、国境の、あの睨《にら》み合いの現場からやって来たという。訓練の最中に足を負傷し、手当ては受けたが、傷の治りが悪く、熱が引かないのだ。

　だが、本人の意識はしっかりしていた。ベッドに寝かされた若い兵士は、強い力で、ヴァルベイドの腕を摑んだ。

「足を切るつもりか?」

　その目は恐怖にぎらついている。ヴァルベイドは相手を穏やかに見下ろした。

「今のところは、どんなつもりもない。傷を見てみないとな。だが君があくまでも私の仕事の邪魔をして無駄な時間を使うとすると、足を切り落とす可能性はどんどん高くなっていくぞ」

兵士はようやく手を離した。ヴァルベイドは兵士の足に巻かれていた包帯を解き、傷を調べた。膝《ひざ》のすぐ上にある切り傷は、軍医の手によってぞんざいに縫《ぬ》い合わされている。だが傷は腫《は》れ、膿《うみ》が出ていた。ヴァルベイドは縫合の糸を切り、傷口を洗い始めた。

兵士はもはや、医者の邪魔をしようとはしなかった。枕にぐったりと頭を預けたまま、歯を食いしばって耐えている。

「国境はどうだ?」

傷を見ながら、ヴァルベイドは尋ねた。この兵士には、気を逸《そ》らす話題が必要だ。そして彼は、ヴァルベイドの知りたいことを知っている。

「国境?」

兵士は呟《つぶや》いた。

「ガルヴォ軍がすぐ近くにいるよ」

「でも、君は、ガルヴォ軍と戦ったわけじゃないだろう」

「そうだよ、くそっ。訓練中に、味方にやられた」

「白い狼《おおかみ》を見たか?」

この問いに、兵士は頭を上げた。

「何?」

ぱっくりと口を開けた自分の傷口を目にしてしまい、呻き声を上げて枕に頭を戻す。ヴァルベイドは構わず、傷の洗浄を続けた。

「あそこに、バンダル・アード゠ケナードがいるだろう? 彼らは白い狼を連れている」

「……ああ、確かにいた」

しばしの後、兵士はようやくそう言った。

「そうだ、フレイヴンとかいう司令官が雇ったって話だった。俺も遠くから見たよ。あの狼は、雇い主の司令官に襲いかかったって話だ。だが、フレイヴン殿が食い殺されたという話は聞いてないな」

ヴァルベイドは笑った。どうやらエルディルは、相変わらずらしい。

「あの狼は、見境なく人を殺したりはしないんだよ」

傷を見ながら、彼は兵士に教えてやった。

「だが、人に飛びつくのをやめられないらしい。親愛の情か、でなければ、人が悲鳴を上げるのが面白いんだろうな。私も以前に、飛びつかれたことがある。だが、それで怪我《けが》はしなかった――まあ、少しばかり怖かったことは認めるがね」

「でもあの狼が、襲撃者を食い殺したって聞いた」

この一言に、ヴァルベイドは手を止めた。

「襲撃者だって？　何のことだ？」

兵士は天井を睨み据えたまま、顔をしかめている。

「ガルヴォ人の捕虜《ほりょ》がいるんだ」

「ああ、それは知ってる」

「一昨日《おととい》の夜、誰かが野営地に忍び込んで、その捕虜を殺そうとした。誰だかは知らないが、そいつらは返り討ちに遭《あ》った。狼が殺したんだ。白い狼が、血で真っ赤になってたって話だ」

「……」

ヴァルベイドはきれいになった傷口を調べ、見込みがあると判断した。薬と、清潔な包帯を取り出しながら、聞いたばかりの一件のことを考える。

「狼に殺された連中が誰だか、判らないままなのか？」

「少なくとも、俺が荷馬車に乗せられたときには、誰も知らないようだった――」

傷口に軟膏《なんこう》を塗られて、兵士は声を飲み込んだ。そして、そろそろと息を吐き出す。

「そこらのごろつきだって話は、ちょっと聞いた」

兵士の言葉に、ヴァルベイドは唇の端を下げた。

「ごろつきが、エンレイズの野営地に？」

「だけど、本当のところは判りゃしない。死体は口をきかないからな」

医者が鋸《のこぎり》を持ち出してこなかったことに、兵士は安堵《あんど》したらしい。その声音は、大分落ち着いている。

ヴァルベイドは、患者の足に包帯を巻き始めた。

「だが、捕虜なんか殺して、一体どうしようっていうんだ？」

医者の疑問に、兵士は知っている限りの答えを与えてくれた。

「噂《うわさ》によると、捕虜は、ガルヴォではお偉いさんらしい。犯人はガルヴォ人だって言う奴もいる。きっと、国でたくさん敵を作ったんだろうって」

「……有り得るな」

ヴァルベイドはうなずいた。だが同時に、疑惑も抱いた。

確かに、ガルヴォでは要人の暗殺が横行している。しかし、幾らそこに殺したい相手がいたとしても、わざわざ敵の野営地にまで押し掛けて行く、愚《おろ》かで無謀なガルヴォ人がいるだろうか。

いずれにせよ、試みは失敗した。エルディルと、恐らくはマドゥ＝アリが阻止《そし》したのだろう。シャリースも、関わっていたかもしれない。

彼らがいなければ、捕虜は死んでいたかもしれないのだ。

これについては、是非ともさらなる情報を集めなければならないと、ヴァルベイドは心に留めた。

6

傭兵《ようへい》隊長に宛《あ》てた手紙は、モウダー人の商人の手によって、ガルヴァ陣営に届けられた。

フォルサスは手紙の封を剝《は》がし、じっくりと目を通した。トルクスからの報告は、細かい文字で、丁《てい》寧《ねい》にしたためられている。一枚の紙に収められた内容は、簡潔だ。だが、必要なことは全て書かれているはずだった。

周囲の部下たちが、好奇心を疼《うず》かせているのは判っていた。皆、それがトルクスから来たものだと知っている。しかしフォルサスは何も言わぬまま、手紙を携《たずさ》えて雇い主の天幕に入った。

天幕の外側は、四方を彼の部下が固めていた。天幕の中でも、二人の傭兵がビジュを警護している。常に誰かに見張られ、拘束されているも同然の状態だったが、ビジュは気にも留めていないようだった。彼にとって灰色の軍服を着た男たちは、この野営地《やえいち》で生き延びるための、唯一の手立てなのだ。たとえフォルサスが実際に、彼を小さな箱の中へ閉じ込めたとしても、ビジュは文句も言わず、自分が雇った傭兵隊長に従ったことだろう。

フォルサスが入って行ったとき、ビジュは椅子に座り、手の中の手紙を読んでいた。太陽の光が天幕を通り抜け、火を灯す必要はない。一目で、上質な紙であることが判る。綴《つづ》られている文字は美しく整い、封には、宮廷で流行《はやり》の、高価な青い蠟《ろう》が使われている。

だが、ビジュの顔に浮かんだ表情からして、宮廷からの手紙は、彼を喜ばせるような内容ではなかったらしい。

フォルサスは、雇い主の正面に座った。警護の部下たちが、隊長に視線を投げてくる。彼は部下たちにうなずきかけ、ビジュが手紙を読み終えるのを待った。

ビジュは丁寧に手紙を折り畳み、溜息《ためいき》を吐《つ》いた。

「上はまだ、セクーレ殿の処遇を決められないのか?」

フォルサスの問いに、ビジュはうなずいた。

「いっそ戦死したものとして扱えと言い出した者もいるらしい――もちろん、表立ってそんなことを言いはしないだろうが」

半ば自棄《やけ》になったように、力なく笑う。

「そしてエンレイズ側は、はっきりとした答えが出るまで、交渉は中断すると言って寄越した。もしかしたらセクーレ殿は、あそこで死んだのかもしれん。我々には知りようもない」

そして彼は、フォルサスが持っているものに目を留めた。

「何か判ったのか」

「スルラが送った手紙は、ジャルドゥにいる男の元へ運ばれた」

若い司令官の名前に、ビジュは表情を強張らせる。

ビジュの生命を脅《おびや》かすことを企《たくら》んでいるのはスルラだと、今やフォルサスは確信している。しかしスルラはフォルサスとその部下たちの前に、手も足も出せず、歯噛《はが》みをしていた。傭兵たちはスルラが使う兵士たちの顔を覚え、徹底的に、ビジュの周囲から排除していた。スルラは今、ビジュが髭《ひげ》を伸ばしているか否かすら、知ることが出来ずにいるに違いない。

もし自分が暗殺者だったら、と、スルラを見かけるたびに、フォルサスは考える。あんなふうに、護衛を憎々しげに睨《にら》んだりはしない。彼らに話しかけ、物を分け与えて、ゆっくりと親密になる。そして隙を突いて、標的の肋《あばら》の下へ短剣の刃を滑り込ませるだろう。

スルラは若く、未熟で、そういう方法など思いつきもしないようだ。だがそれが、フォルサスたちにとっては有利に働いている。スルラとその部下たちを雇い主から遠ざけておくのは、さほど難しいことではなかった。

　だがもちろん、事態が変わることは考えられる。スルラが頭を使うことを思いつくかもしれないし、背後にいる誰かが、彼に入れ知恵をするかもしれない。

　しかし今の段階では、フォルサスはただ、雇い主の周囲を固めているだけだった。五十人の部下がいれば、常に抜かりなく、雇い主を守ることも可能だ。残りの者は休息を取ることも出来る。いざというときには、全員が万全の態勢で臨めるだろう。

　フォルサスは、ジャルドゥから届いた手紙について説明した。

「スルラが書いた手紙を受け取ったのは、ヘリメルークという名のエンレイズ人だそうだ」

　困惑した眼差《まなざ》しで、ビジュは傭兵隊長を見返す。

「聞いたこともない」

「年は五十くらい、背が高く痩《や》せていて、肩幅が狭い。頭が禿《は》げ上がっている――」

　フォルサスは、ヘリメルークの容姿について書かれた部分を読み上げた。そして、相手を観察する。

「どうだ？」

「どうだとは？」

「このヘリメルークという男は、オルドヴと同一人物か？」

　ビジュは目を瞬《しばたた》いた。

「オルドヴが、エンレイズ人になりすまして、ジャルドゥにいると？」

「その可能性もある」

　うなずいて、フォルサスは相手が考え込む様を見守った。

　だが、ビジュはかぶりを振った。

「違うな。違うと思う。オルドヴが急に、体重を半分に落とす気になったとすれば、話は別だが」

「そうか」

ひとまずは、空振りだ。フォルサスはそれを認めた。だが、ヘリメルークという男が、スルラと何らかの繋《つな》がりを持っている事実に変わりはない。

ビジュも、同じことを考えていたようだ。

「――その男は、ジャルドゥで何をしているのだろう」

フォルサスは椅子にもたれかかった。

「エンレイズ人がモウダーですることは、ガルヴォ軍との小競《こぜ》り合いか、商売だ。ヘリメルークという男は、ジャルドゥに家を持っている。つまり、商売をしている。問題は、この男が何を扱っているかだ。ガルヴォ軍の司令官から手紙を受け取ったからには、ろくな商売ではないだろう。それも、トルクスが調べるはずだ」

傭兵隊長の説明に、暗い面持ちで、ビジュは両手を握り合わせる。言うべき言葉は、残っていないようだ。

彼を部下たちに任せて、フォルサスは天幕の外へ出た。それを待っていたらしい部下が、歩き出したフォルサスに並ぶ。

「スルラは手紙を受け取りました」

歩きながら、彼はそう報告した。

「トルクスの手紙を持ってきたのと、同じ商人からです。内容は判りません。あの商人は、預かった手紙の中身を、いちいち詮索《せんさく》する類《たぐい》の人間ではないそうです。少なくとも、当人はそう言ってます」

「判った」

フォルサスがうなずくと、相手は離れて行った。

フォルサスは、敵のいる方角へと爪先《つまさき》を向けた。エンレイズ軍ではない。ガルヴォ軍の司令官たちの溜まり場のほうだ。

トルクスからの手紙を運んできた商人を、彼は、部下に見張らせていたのだ。モウダーから商品を運んでくる荷車は、そう多くはない。問題の商人は、ジャルドゥからやって来た。トルクスは彼に手紙を託したが、同じことをする人間が、まだ他にもいるかもしれないと踏んだのだ。

読みは当たった。ジャルドゥから、スルラ宛てにも手紙が届いた。状況からして、ヘリメルークという男から送られた可能性が高い。だが、運んできた商人に確かめるのは危険だろう。根掘り葉掘り尋ねるような真似をすれば商人が不審に思い、スルラや、ジャルドゥにいる手紙の送り主に警告するかもしれない。

スルラは天幕の外に出て、他の司令官たちと火に当たっていた。何事かを話していたが、フォルサスの耳にまでは届かない。そして彼も、スルラに声を掛ける気はない。

だが若い司令官の視線が、老練な傭兵隊長を捉えた。

その目に険《けわ》しさが表れるのを、フォルサスは見て取った。事実が自分の想像とかけ離れていないことを確信し、フォルサスは満足して、司令官に背を向けた。


正規軍の兵士が一人、バンダル・アード＝ケナードを呼びにやって来た。

彼がジア・シャリースを見つけるまでに、少しばかり時間が掛かった。シャリースは部下たちの元を離れてぶらついており、誰も、正確な居所を知らなかったのだ。

「その辺にいる」

傭兵の一人は、漠然《ばくぜん》と辺りを指してみせた。

「多分、昼飯時には帰って来る。多分な」

結局シャリースは、他のバンダルの野営地で発見され、直ちにフレイヴンのところへ出向くようにという伝言を受け取った。

フレイヴンは、自分の天幕の前に立っていた。眉《まゆ》根《ね》に皺《しわ》を寄せているが、到着の遅れた傭兵隊長に腹を立てているのか、ただ単に寒さをこらえているのか、シャリースには区別がつかない。

黒髪の司令官の隣には、副官のデイプレイがいる。こちらはそわそわと落ち着かない様子だ。

シャリースは慌てずゆったりとした足取りで、彼らに近付いた。フレイヴンの鋭い灰色の目に苛立ちが浮かぶのを予期していたが、しかし、相手は自分を抑えているようだった。副官の若者もまた、口を開こうとしない。何か、ただならぬことが起こったのは明らかだ。

シャリースはフレイヴンの前に立ち、真っ直ぐに相手を見やった。

「俺とは話したくないんじゃないかと思ってたぜ」

「私はな」

素っ気なく、フレイヴンは応じた。

「だが、あのガルヴォ人が、おまえと話をしたいそうだ」

この言葉に、シャリースは思わず眉を上げた。

「……そんなことを、ケネットが許すはずがないだろう？」

傭兵隊長を驚かせたことで、フレイヴンは少しばかり、溜飲《りゅういん》を下《さ》げたようだった。

「あの捕虜が、ケネット殿に提案したらしい」

冷静な口ぶりで説明する。眉間《みけん》の皺も消えた。

「この膠着状態《こうちゃくじょうたい》を打開するために、考えがあるそうだ。一昨日《おととい》の夜命を脅かされたことで、ここにいても安全ではないということを痛感したらしい。ケネット殿と私も同席する」

シャリースはまじまじと、フレイヴンの目を見返した。だが、この司令官が冗談を言っている様子は微塵《みじん》もない。そもそもフレイヴンが、自分を相手に冗談を言うとも思われない。

人質のいる天幕のほうを眺めやり、シャリースは一瞬考え込んだ。恐らく、厄介《やっかい》なことが起こるだろう。だが、彼には、それを避けて通ることが出来ない。これはケネットの命令で、フレイヴンはそれに逆らうことが出来ないのだ。同席する権利を主張するのが精一杯だったのかもしれない。

仕方なく、シャリースはうなずいた。

「――判った、行こう」

人質を閉じ込める軟弱な天幕は、既に、新しいものに取り換えられていた。

命令を受けていたらしく、入口を守る兵士が、フレイヴンのために垂《た》れ幕《まく》を上げる。フレイヴンはそれを潜《くぐ》りかけ、そして動きを止めた。当然のように後に続いていた副官を、肩越しに振り返る。

「おまえはここで待っていろ」

デイプレイの顔に、怒りと失望が閃《ひらめ》いた。しかしフレイヴンは意に介さず、天幕の中へ入って行く。

立ち尽くしたデイプレイの横を通り抜けながら、シャリースは、若い副官の表情を見やった。そこには明らかに、上官への不満が滾《たぎ》っている。だが彼は、それを傭兵隊長にぶつける気はなさそうだった。唇《くちびる》を引き結んで、顔を背《そむ》ける。

背後で垂れ幕が閉じられ、シャリースは天幕の住人へ顔を向けた。

セクーレは、中央に置かれた椅子に腰を下ろしていた。その右手に、ケネットと、その副官ビーストンが並んで座っている。どちらも、不愉快な事態に精一杯耐えているといった面持ちだ。二人の背後には通訳が立ち、所在なげに両手を握り合わせている。

ケネットがじろりと、長身の傭兵隊長を睨みつけた。

「大分待たせてくれたな」

フレイヴンの隣で、シャリースは平然と肩をすくめた。

「呼ばれているとは知らなくてね」

そして、囚われのガルヴォ人へと目を向ける。

「俺と話がしたいって？」

通訳を無視して、ガルヴォ語で尋ねる。ケネットの表情がますます険悪になったが、幸いシャリースは、フレイヴンから特に命じられない限り、ケネットの機嫌を取る必要がない。

捕虜は疲れた顔をしていた。長時間の拘束に加え、あんなことがあった後では無理もない。恐らく、一睡もしていないのだろう。

彼はぐったりと椅子にもたれたまま、長身の傭兵隊長を見上げた。

「あれから考えてみた。君の言ったことを——傭兵を雇えと、君は言ったな」

シャリースはちらりと、総司令官を窺《うかが》った。通訳が、彼らの会話をエンレイズ語で繰り返し、ケネットとビーストンに聞かせている。暴露《ばくろ》してもらいたい話ではなかったが、ここで否定しても始まらない。

「ああ、言った」

総司令官とその副官の様子を横目に眺めながら、シャリースはうなずいた。セクーレは唇を舐《な》めた。

「——君たちを、雇えないだろうか」

「……」

シャリースがまじまじと相手を見つめている間に、通訳が、捕虜の言葉を総司令官へ伝える。一拍遅れて、ケネットが憤《いきどお》りの声を上げた。フレイヴンでさえ、目を眇《すが》めた。良からぬ企みを見透かそうとしているかのように、シャリースとガルヴォ人を見比べている。

だがもちろん、この申し出に仰天《ぎょうてん》したのは、シャリースも同じだ。

「——へえ、面白い話だ。ガルヴォ人が、エンレイズの傭兵を雇うとはな」

ゆっくりと、シャリースは応じた。

「だが俺の承知しているところによると、エンレイズの傭兵は、ガルヴォ人を利するような真似は、してはならない決まりになってる」

早口の通訳に、ケネットがうなずいている。シャリースはそちらへ、にやりと笑いかけてやった。

「そういう提案は、誰もいないところで、こっそりやってもらわないと困る」

この冗談に、ガルヴォ人は笑わなかった。叱責《しっせき》の言葉を吐き出しかけたケネットが、しかし捕虜が話そうとしているのを見て、口を閉ざす。

セクーレのほうは、ケネットなど見もしない。真っ直ぐに、シャリースを見つめている。

「残念ながら、秘密裏に君と話せる状況になかった。それにこれは、エンレイズの利益になることだ」

相手が真剣なのは、その目で判った。だがシャリースは肩をすくめた。

「ご指名はありがたいが、やめておいたほうが良さそうだ。俺にはもう、雇い主がいるんでね」

片手で、フレイヴンを指し示す。セクーレはその答えを予期していたようだった。淡々と続ける。

「では君の雇い主に、協力してもらえるよう、頼んでくれないか」

シャリースは、フレイヴンと顔を見合わせた。それはほんの一瞬のことだったが、互いに、相手の考えが自分と同じだと知るには十分だった。つまり、事態はまずい方向へと進んでいる。

用心深く、シャリースはセクーレの顔を覗《のぞ》き込んだ。

「一体、俺たちに何をさせたいんだ」

相手は躊躇《ためら》わなかった。

「私を、モウダー経由で、目立たぬようにガルヴォまで送り届けてもらいたい」

シャリースは思わず、片眉を吊《つ》り上げた。

「そいつは……」

「冗談ではないぞ！」

いきり立ったケネットの声が、傭兵隊長を遮《さえぎ》る。太い指が、シャリースと部下の司令官へ突きつけられた。

「今すぐここから出て行け！　おまえたち、二人ともだ！」

一言も異議を唱えず、フレイヴンは踵《きびす》を返した。シャリースもそれに倣《なら》う。

天幕の外に出た二人は、そこで同時に立ち止まった。互いに目を向けぬまま、白い息を吐きながら、中の様子に耳を澄ませる。

「……確かに、こちらに利益のあることならば呑《の》むと言ったが——私を馬鹿《ばか》だとでも思っているのか⁉ 大体……」

ケネットがまくし立てている。恐らく通訳は、全てをセクーレに伝えるために、大変な苦労を強《し》いられていることだろう。

後ろ髪を引かれる思いで、二人はその場から離れた。最後まで、耳をそばだてていたいのが本音だが、後で警護の兵士に、彼らが盗み聞きしていたなどと、報告されるわけにはいかない。

「ケネットは、あのガルヴォ人が俺に何を提案するか、知らなかったらしいな」

話しかけたシャリースへ、フレイヴンは険しい目を向けた。

「あの人質に、傭兵を雇えと言ったのか」

「まあな」

シャリースは認めた。

「護衛が必要なように見えたんだ。そうだろう？ だが言っておくが、うちのバンダルを売り込んだわけじゃないぜ」

シャリースの主張にうなずいたが、フレイヴンの表情は冴《さ》えない。白い肌が、ますます青味を帯びている。

「だが、向こうはその気だ」

「ケネットが今、その気を挫《くじ》こうとしてるがな」

二人の姿を見つけて、デイプレイが駆け寄って来る。

「あのガルヴォ人は何の話だったんですか？」

フレイヴンは足を止めたが、黙ったままかぶりを振った。副官の顔は見たものの、まともに取り合おうともしない。デイプレイに視線を向けられて、シャリースは口の端を下げてみせた。

「俺がべらべら喋《しゃべ》るわけにはいかないんだ。判るだろ？」

天幕は遠ざかり、ケネットの喚《わめ》き声も聞こえなくなった。彼らは黙ったまま、しばらくその場に立ち尽くしていた。

ミラスティンの屋敷の表門は閉ざされていたが、柵越しに、美しい庭を眺めることが出来た。

アランデイルがトレンストの店から来たことを確認し、どうやら門衛を兼ねているらしい庭師が、彼を中へ入れてくれた。荷物の中身を見せようかとアランデイルは申し出たが、相手はそれを断った。

「こんな泥だらけの手で奥様のものに触っちゃ、叱《しか》られちまう」

玄関を指し示し、にやりと笑う。

「せいぜい奥様や娘っ子たちを楽しませてやればいいや。だが夕方には、ちゃんと帰ってもらうからな」

「判ってる」

笑い返して、アランデイルは屋敷へ足を踏み入れた。

だがそこで、彼は足を止めた。咄嗟《とっさ》に後退《あとずさ》りして、扉の陰に身を潜《ひそ》める。

玄関を入ったところで、二人の男が押し問答をしていたのだ。一人がランプだということは、すぐに判った。昨日見たばかりの顔だ。死んだ雇い主の家に入ろうとして、押し留められている。

「……そんなこと、奥様が何と仰《おっしゃ》るか……」

ランプを止めている男は、押し殺した声で言った。ランプもまた、声を抑えている。

「これは重要なことなんだ、サンテル。奥様に訊《き》いて——いや、知らせることはない。奥様には関係のないことだし、絶対に判らないよう、私が全て元通りにしておくから」

「しかし奥様は、居間においでなんですよ」

サンテルは譲らない。サンテルというのがこの家の召使い頭《がしら》の名前であることを、アランデイルは聞き知っていた。痩せた陰鬱《いんうつ》な顔つきに、苛立ちが浮かんでいる。

「何か思い立って、書斎へ足を運ばれたらどうするんですか。私には奥様を止められません」

突《つ》き回すには面白い状況だと、アランデイルは考えた。ランブが殺された元主人の書斎で何をしようとしているのかを、恐らくヴァルベイドは知りたがることだろう。そしてこれは、アランデイル自身にとっても、興味のある問題だった。

あたかも今やって来たかのように、わざと足音を立てて、彼は玄関に入り直した。

「こんにちは！」

明るく呼びかける。

「トレンストの店から参りました」

「ちょっと待っててくれ！」

サンテルが、片手を挙げてアランデイルを止める。しかしランブは、わざわざ身体の向きを変えて、金髪の若者を見やった。

「今、トレンストの店と言ったか？」

思案げに眉を寄せている。いかにも無邪気そうに、アランデイルはうなずいた。

「はい」

「奥様への届け物か？」

アランデイルは背負っていた荷物を下ろして、足下に置いた。

「気晴らしに綺麗《きれい》なものをご覧になりたいとのことでしたので、あれこれお持ちしました」

値踏みするような顔つきで、ランブは、アランデイルと、彼が運んできた荷物を見比べている。

「そのあれこれを見せている間、彼女を部屋に足止め出来るか？」

「足止め？」

アランデイルは、首を傾げてみせた。

「足止めというと？」

「彼女を居間に釘付けにしておいて欲しいのだ」

詳しい説明の代わりに、ランブは財布を取り出した。アランデイルに差し出されたのは、鈍く光る金貨だった。アランデイルは素早くそれを受け取った。

「まあ、二時間くらいは何とかしますよ」

な」
「いや、三時間だ。そして、このことは誰にも言う
　驚いたことに、ランブはもう一枚、アランデイル
に金貨を渡した。よほど後ろ暗いことがあるに違い
ないと、アランデイルでなくともそう考えただろう。
別の一枚が、サンテルにも渡される。金貨の重みに、
サンテルも遂に口を閉じた。
　そしてランブは財布をしまった。買収した二人に
言い聞かせる。
「奥様にも、誰にも迷惑は掛けんよ。ただ、私の仕
事に関する話だというだけのことだ」
　踵を返し、勝手知ったる様子で奥へと歩み去る。
二人は黙って、それを見送った。ランブがこれから
何をするにしても、彼らはもう共犯者だ。
　小さな溜息を吐いて、サンテルは、アランデイル
を振り返った。頭から爪先まで、じろじろと眺め回
す。
「……見ない顔だな、新入りか？」
「そうです」
「今あったことを、黙っているくらいの頭はあるん
だろうな？」
　アランデイルは唇の片端を上げた。
「ついでに、奥様に三時間、他のことなど考えられ
なくなるように仕向ける才覚もあると思いますよ。
ランブ様は、どうなさったんです？」
　サンテルは答えを躊躇った。だが、答えなければ、
アランデイルが自分で覗きに行くかもしれないと考
えたらしい。渋々《しぶしぶ》説明する。
「ランブ様は以前――旦那様の生前には、ここで働
いていた。そのときに扱った大事な書類が、どうし
ても見つからないらしい。だから旦那様の書斎を、
徹底的に探したいんだそうだ――お一人でな」
「ははあ」
　アランデイルはうなずいた。
「なるほど、それは、首を突っ込まないほうが良さ
そうな話に聞こえますね。判りました。忘れますよ」

だが実際には、アランデイルはその話を、頭にしっかりと刻み込んだ。

サンテルは彼を、屋敷の大きな居間に案内した。ミラスティンの未亡人を中心に、十人ほどの女が、そこに集まっている。十代の娘から老女まで様々だが、様子からするに、未亡人以外の全員が、ここで働いている女たちらしい。

トレンストの扱う商品は、彼女たち全員の関心事だった。アランデイルは勿体《もったい》をつけながら、担いできた荷を、一つ一つ、彼女たちの前に並べてやった。まずはリボン、そしてレース、細工を施《ほどこ》したボタン。彼女たちは申し分のない観客だった。アランデイルが紙や布の包みを取り出して、それをほどき、中に収められていた品を取り出すたびに、いちいち歓声を上げてくれる。それから品定めが始まり、ああでもない、こうでもないと、ひとしきりお喋りが続く。悲しみに暮れる未亡人でさえ、時折笑みを浮かべた。

そうした女たちの騒ぎが嫌いだという男も多い。だがアランデイルは違った。彼は幾らでも、女たちのお喋りに付き合うことが出来る。そして、それを楽しみさえする。大勢の女たちから遠慮のない言葉を浴びせられても、たじろがずに受け止める図々しさも備えている。

未亡人は、久し振りの買い物を楽しんでいるようだった。自分の身を飾るものを選びながら、使用人の女たちにもあれこれと勧めている。女たちもまた、真剣である。リボンやボタンくらいならば、自分たちにも手の届く値段のものが多いからだ。

「さあ、お楽しみはこれからですよ」

アランデイルは思わせぶりにそう告げた。

「この箱の中には、まだまだ品物が詰まってます。箱の一番上に軽い物を詰めるのは当然ですよね。とすれば、その下は？　当然、重い物が入ってます。そう、金属の物がね。まずは、奥様の美しい御髪《おぐし》を飾るにふさわしい髪飾りからご覧に入れましょう」

華奢《きゃしゃ》な金の髪飾りは、彼女たちの目を釘付けにした。

　アランデイルの計算通りだった。金と宝石は、女の目を捉えて放さない。男は金の目方を知ろうとするが、女は、細工の美しさを仔細に調べる。

　この小さな髪飾りは、トレンストが扱う商品の中でも、特に出来の良い一品だった。トレンストを始め、店で働く者の多くが、これをこそ、ミラスティンの未亡人に買ってもらいたいと考えている。トレンストは直々に、多少値引きしてもいいと、アランデイルに申し渡していた。未亡人が金持ちだからではない。金持ちなのは間違いないが、トレンストが彼女に示す好意は、彼女の死んだ夫に対する敬意の表れだ。ミラスティンがストリーを潤《うるお》したお陰で、トレンストの店も繁栄したと言っても過言ではないのだ。

　ひとしきりの溜息と、賞賛の眼差しのときが過ぎると、一人が言い出した。

「これ、奥様が試しても構わないんでしょう？」

「もちろんです。どうぞお気の済むまでお試しください」

　気前よく、アランデイルは応じる。

「今の結い方でも十分に映えますが、違う髪型になさったときに、どんなふうかも確かめてみるべきですね。それは、斜め上から挿してやると、飾りが顔の横で揺れて、特に綺麗ですよ」

　鏡は既に置いてあったが、未亡人の指示を受けて、すぐさまもう一枚の鏡が運び込まれた。合わせ鏡で、未亡人が後頭部の具合を確かめるためだ。彼女たちは知恵を絞り、どんな髪型でどのように飾れば、この黄金の細工が最も美しく映えるかと検討を始めた。アランデイルの見ている前で、未亡人の髪がほどかれ、すぐさま別の形へと結い上げられる。

「ちょっと失礼」

　小さく言い置いて、アランデイルは立ち上がった。さりげなく居間を出る。誰も、彼のことなど気に留めない。全員、女主人の髪型や、既に並べられている商品の品定めに夢中だ。

アランデイルは廊下を覗き、そこに誰もいないのを確かめた。足音を殺して、先刻ランプが姿を消した方向へ向かう。

書斎はすぐに見つかった。扉が少し開いているのは、ランプが、近付いてくる足音を警戒するためだろう。

書斎の扉に忍び寄り、もう一度周囲を確認してから、アランデイルはそっと、中を覗いた。ランプはそこにいたが、幸いアランデイルに気付いてはいない。

大きな机の上には、書類らしき紙が整然と積まれて、三つの山を作っていた。恐らく、机の中にしまい込まれていたものだろう。だが、ランプの探し物は見つからなかったらしい。

彼はアランデイルに横顔を見せる形で、書架に向かっていた。本を一冊手に取っては、ページをざっとめくって何かが挟まっていないかを調べ、元の場所に戻して、また別の本を手に取るということを繰り返している。大事な書類云々の話はともかく、少なくとも、彼が紙切れを探しているのは本当らしい。

アランデイルは来たときと同じく、音を立てぬよう、静かにその場を離れた。居間からは、女たちの明るいさえずりが聞こえている。中に入ると、未亡人が髪を結い上げられている真っ最中だった。鏡を覗き込むその顔には笑みがある。髪を結う二人の女と、熱心に相談をしている。

元の席に収まって、アランデイルは、ボタンの数々を熱心に調べている女たちへ話しかけた。

「奥様はあの髪飾りがお気に召したかな」

アランデイルより少し年上の黒い目をした女が、彼に身を寄せて囁《ささや》いた。

「賭けてもいいわ、奥様はあの髪飾りを離さないわよ。奥様があんなにはしゃいでいるのを見るのは久し振り」

「いいことよ。旦那様が亡くなってから、ずっと塞《ふさ》ぎ込んでいらっしゃったんだもの」

　別の女が、小声で口を挟む。その視線は、木彫りの白い小さなボタンから動かない。

「そのボタンは、赤や青の糸で縫《ぬ》い付けると可愛いって、うちの店の女の子が言ってた」

　アランデイルは女の手を取り、その掌《てのひら》にボタンを乗せてやった。

「凄《すご》く滑らかだろう？　――それで、ミラスティン様に毒を盛った犯人は、まだ捕まってないんだって？」

「ええ」

　ボタンに目を奪われた同僚に代わって、黒い目の女が答えた。彼女の気に入りは、貝のボタンだった。木彫りのものより、はるかに値が張る。それを知っているためか、彼女は触ってみようとさえしない。

　アランデイルはさりげなく、彼女の耳元に顔を近付けた。

「あの夜、怪《あや》しい人間が来たのを見たりした？」

　不謹慎《ふきんしん》なのは判っていても、好奇心を抑えられない、そんな囁きを、彼女の耳へと送り込む。女の黒い目に苦笑が宿る。

「いいえ、誰も、何も見てないのよ。足音も聞いてないわ。私は自分の部屋にいたんだけど――私の部屋って、玄関の地下にあって、誰かが来ると、石畳を歩く音が聞こえるのよ。でもあの夜は、何も聞こえなかったの。誰かが来るって話は聞いてたから、変だなって思ってたのよ。犯人は、足音を聞かれないように、靴《くつ》を脱いで入ってきたのかもしれないわね。でなければ、裏口を使ったか」

「さもなくば、窓を使ったか」

　アランデイルが口を挟むと、相手は肩をすくめた。

「不可能ではないわね」

　そして、小さく溜息を吐く。

「もしかしたら、誰かを見た人もいるかもしれない。旦那様が亡くなってから、ここで働いていた人たちが十人も辞めて、出て行ったの。旦那様の仕事をしていた人たち。その人たちの中に犯人を手引きした人がいるかもしれないって、お役人たちは考えたみたいだけど、私はそうは思わない。私はあの人たちを、全員よく知ってたんだもの。でも、もしかしたらその中に、犯人を見た人はいるかもしれないわ。でも、もうそれも判らないの」

彼女の言葉にうなずきながら、アランデイルは、ヴァルベイドが苦労している理由を理解した。この調子では、当分の間、彼の苦労は続くだろう。自分も否応なく付き合わされることになるが、幸い彼の本来の仕事は、殺人犯を突き止めることではない。

未亡人が、ようやく新しい髪型と髪飾りに満足し、アランデイルは彼女を、手放しに褒《ほ》めそやした。

「しかし奥様、心をお決めになるのは、まだお待ちいただかなければなりません。この箱に収められている美しいものは、それ一つじゃありませんからね……」

「前は、ストリーに住んでたんですよ」

火の前に座り、背を丸めて、スタークは言った。昼食を食べたばかりで、腹が心地よく温まっている。誰も、動こうとしない。

人質の天幕で何があったのか、シャリースは話さなかった。口止めされているのは、スタークにもすぐに判った。あのガルヴォ人については、誰もが、何もかも口止めされている。

そしてシャリースは、自分が口を開く代わり、スタークに身の上話を要求したのだ。

「母が死んだとき、僕は十五だったんですけど、住み込みで働けるところがあって、何とかやってきたんです」

スタークと同じ火を囲んでいるのは、シャリースとダルウィンだけだ。だが、すぐ側《そば》にはマドゥ＝アリとエルディルもいる。白い狼《おおかみ》はスタークの周囲の地面を嗅《か》ぎ回っていたが、今ではスタークも、いちいちびくついたりはしない。

「父親はどうした?」

火に薪《たきぎ》をくべながら、シャリースが尋ねる。スターグは赤い頭を振った。

「父は、いません……小さいときから」

明らかに、それについては語りたくない様子である。シャリースはうなずいた。

「そうか」

「それで?」

ダルウィンが先を促《うなが》す。スターグは続けた。

「で、ストリーで暮らしてたんですけど、そこの家の旦那様が突然亡くなって、暇を出されちゃったんですよ。それで、軍に入ったんです」

半ば呆れたように、シャリースが眉を上げた。

「ストリーで、他の仕事を探さなかったのか?」

スターグは肩をすくめた。

「色々考えたんですけどね——町から離れたいと思ったんですよ。軍は、給料もいいし」

炎《ほのお》を挟んだ反対側で、ダルウィンが小さく笑う。

「ちゃんと支払われればな」

「え……⁉」

皮肉を含んだ一言に、スターグは思わず目を見開いた。

「支払われないんですか⁉」

悲鳴のような声を上げる。シャリースが苦笑して、幼馴染《おさななじみ》に小枝をぶつけた。胸に当たったそれを払いのけ、ダルウィンは唇の端を下げてみせた。

「……大体は支払われる。全額かどうかはともかくな。それに、遅れることもある。その辺りは、戦況にもよるが」

「……」

スターグは言葉を失った。これは、たとえダルウィンが口を滑らせなかったとしても、いずれはスターグも自ずから知ることになる無情な現実だ。しかしさらに新兵たちを打ちのめすのは、だからといって軍を離れたくとも、それは絶対に許されないという軍規である。逃げ出せば、待っているのは死刑判決だ。

シャリースは赤毛の若者へ、同情を込めてうなずいた。

「まあ今のところ、俺たちを含めて、ここにいる連中はあまり働いていない。それは、ガルヴォの奴らも同じだがな。そのことを考えれば、今月の給料は、割がいいかもしれないぜ」

スターグは渋々うなずいた。確かに寒空の下で待機を強いられてはいるが、それ以外、彼らは何をしているわけでもない。連絡役に任命されたスターグは特に、幾度か使い走りをしただけだ。傭兵たちの中で時間を潰《つぶ》し、うまい食事を与えてもらってさえいる。

シャリースは顔を上げ、ガルヴォ軍の陣営がいる辺りを眺めた。

「出来れば、お互い怪我《けが》をしないうちに引き上げたいもんだがな」

「……そんなことが、本当に可能だと思いますか？」

スターグの口調が、幾分暗くなる。兵士になる者が全て、戦争をしたがっているわけではない。むしろ殆《ほとん》どが、可能な限り避けて通りたいと考えている。それは、傭兵たちにしても同じだ。特にシャリースは、あらゆる手を使って戦いを避けたがる。

「これからどうなるかは、上の連中の馬鹿さ加減による」

シャリースは正規軍の若者に、そう説明してやった。

「フレイヴンは他よりましだ。だが、あいつの上にはケネットやら他の奴らやらがいて、いずれ劣らぬ間抜けっぷりだからな。ガルヴォの奴らが攻め込んできたら、丸裸《まるはだか》で突っ込んで行って華々しくも馬鹿げた戦死を遂げるか、でなければ、味方の兵士の死体の下に潜《もぐ》り込んで死んだふりをするか、どっちかだろう」

ダルウィンが低い声で笑ったが、スタッグは笑えなかった。上官が無能だと聞かされて、喜ぶ兵士はいない。

顔を強張らせた彼へ、ダルウィンが片目をつぶってみせる。

「心配すんな、スタッグ。おまえはバンダル・アード＝ケナードの中にいるんだ。おまえは知らないかもしれないが、ここは他のどこより安全だぜ。まあ、この陣営では、ってことだけどな」

気楽な口調で言う。だがスタッグは、自分の身がどの程度安泰なのか、かえって混乱したようだった。

「はあ……」

その口から漏《も》れたのは、半ば溜息のような、頼りない返事だけだ。

「戦場ってのは、いろんな間違いが起こるもんだ。いつだってそうだ」

シャリースは若者に言い聞かせた。

「生き残りたかったら、用心することだな。どこで何に巻き込まれるか、判ったもんじゃない。あのガルヴォ人の捕虜がいい例だ。敵の手に捕らわれたうえ、さらに暗殺されかかるなんて、あの男だって夢にも思わなかっただろうよ」

傭兵隊長の言葉に、スタッグは、何か感じるものがあったようだった。

「……確かに」

そう呟《つぶや》くと、俯《うつむ》いて何事か考え込む。シャリースとダルウィンは、その様子に顔を見合わせた。

「何か、危ない目に遭《あ》ったことでもあるのか？」

シャリースの問いに、しかし赤毛の若者はかぶりを振る。

「別に、そんなことは……」

だが明らかに、スタッグの口は重くなった。

傭兵隊長とその幼馴染が、二人掛かりで若者の悩みを聞き出そうとしたが、徒労に終わった。スタッグは、誤魔化しよりも、沈黙を選んだのだ。何もないと言い張る若者に、シャリースとダルウィンは追及を諦《あきら》めた。

だが、スタークが何か不穏な秘密を胸に抱えていることに、疑問の余地はなかった。

ジャルドゥの雑踏《ざっとう》に紛《まぎ》れて、トルクスと二人の仲間は、ヘリメルークという名のエンレイズ人を見張り続けていた。

彼らはヘリメルークの家と、出入りする店を摑《つか》んだ。それらの場所を基点に、ヘリメルークやその周辺の動きを探る。三人で当たれば、ヘリメルーク一人を追い回すくらいは何とかなる。彼らはヘリメルークがいつ家を出て、例の商品のない店に入り、どこで食事をするのかを突き止めた。魚が好きらしいという、余計な情報も得た。

だが三人だけでは、不可能なこともある。

ヘリメルークは、エンレイズとガルヴォ国境の、睨み合いが続く静かな戦場へ手紙を送った。それは、ガルヴォ陣営へと物資を運ぶ商人の手に託された。それを確認して、トルクス自身も、同じ商人にフォルサスへの手紙を預けた。ヘリメルークの手紙が誰の手に渡るかは、大体想像もつく。

だがヘリメルークは、ガルヴォ国内へ真っ直ぐ向かう、別のモウダー人の商人にも、手紙を託した。

その手紙の存在までは摑めたが、それが誰に宛てたものなのかは、判らずじまいだった。商人の出発間際に、トルクスは探りを入れてみたのだ。手紙を懐《ふところ》にしまい込んだはずの商人はしかし、手紙を持っていることさえ否定した。恐らく、ヘリメルークの払った代金には、口止め料も含まれていたのだろう。その商人を追ってガルヴォにまで行く余裕は、トルクスたちには無かった。

そして、毎日のようにヘリメルークが通っている店も、得体が知れない。

ヘリメルークはそこで長い時間を過ごしていたが、何をしているのかを確かめることは出来なかった。

間口が大きく開いているとはいえ、部外者がふらりと入って長居するような雰囲気の場所ではない。何かを摑むためには、別の方向から近付かなければならない。

そこでトルクスは、店で働いている、一人の男に目を着けた。

茶色い髭に顔を覆《おお》われたその男は、一目で、酒に身を持ち崩しかけているのが判った。店で働いてはいるが、それ以外の時間は、酒場で飲むか、あるいはねぐらで飲んでいるのだろう。充血した目に、赤い鼻《はな》が目立つ。いずれ遠からぬ日に、彼は時間を忘れ、働くのをやめるだろう。金を失い、家を失い、友人を失う。そんなふうに全てを失っていく人間を、トルクスは大勢見てきた。

だがこの酒浸《びた》りの男を利用することを、トルクスは躊躇わなかった。

男が店から出てきた。トルクスは仲間の一人にへリメルークの見張りを任せ、自分は、茶色い髭の男をつけた。

予想していた通り、男は、店から一番近い酒場へと入って行った。少しだけ時間をおいて、トルクスも酒場へ足を踏み入れた。まだ日は高かったが、席の半分が埋まっている。

髭の男は、入口のすぐ脇のベンチに、一人きりで座っていた。ゴブレットに何が注《そそ》がれていたのかは判らないが、既に飲み干してしまっている。空のゴブレットに添えられた彼の手は、微《かす》かに震えていた。

トルクスは狭いテーブルを挟み、男の正面に腰を下ろした。

「一杯奢《おご》ろう」

相手は顔を上げ、訝《いぶか》しげに目を眇めてトルクスを見た。だが、トルクスの顔に見覚えがないことについては、深く考えないことにしたらしい。投げやりに肩をすくめる。

「そりゃ御親切に」

トルクスは給仕女を呼んだ。

「お代わりを頼む。二杯だ」

太った給仕女は、新しいゴブレットをトルクスの前に置いた。大きな水差しの中身を、二つのゴブレットへなみなみと注ぐ。トルクスは素早く匂いを嗅いだ。安いワインだ。

トルクスから金を受け取り、給仕女が立ち去るまでに、男は、ゴブレットのワインを半分飲み終えていた。手の震えは続いている。

トルクスは男に向き直った。

「あんたはこの辺に住んでるのか？」

髭の男は、ゴブレットの中を一心に覗いていた。

「近くの店で働いてるんだ。あそこだ。見ればすぐ判る、灰色の、陰気な建物だ」

日の差し込む入口から、店を示してみせる。トルクスは上体を捻《ひね》って男の指したほうを見やり、そしてうなずいた。

「前に覗いたことがあるな。何をやってる店なんだ？　人がうろうろしているばかりで、商売をしているという感じでもなかったが」

「うちで扱う品物は、別の場所にあるんだ。倉庫を持っててね」

男は残ったワインを啜《すす》った。

「あそこの店は、書類仕事と商談をする場所さ。それから、仲介業もやってる。店を持てない奴らに、商売の機会を与えてやってるんだ。うちの店を連絡場所にして、店の倉庫を使う代わりに、手数料を払うわけだ。そっちでも、結構儲《もう》けてる。エンレイズからの輸入品の扱いじゃあ、ちょっとしたものだぜ」

男の舌は、呆れるほどに滑らかだった。酒を奢ってくれた見知らぬ男に対し、警戒する様子はまるでない。恐らく店のことより、目の前のワインのほうがはるかに重要なのだ。

彼の説明に、トルクスは納得した。

ガルヴォ軍の司令官から送られた手紙が、エンレイズ人の手に渡った。戦争中の今、両者の繋がりは、

あってはならぬものだ。

だが実際には、これは、特別珍しいことではないのだ。

ガルヴァ国内では、エンレイズ製の品物が珍重される。戦争が始まってからは正規の輸入は禁止されたが、闇取引は後を絶たない。値段も、昔とは比べ物にならぬほど高騰《こうとう》している。そして、この酔った男の店では、エンレイズから輸入された品を扱っているという。

男の働く店が、その闇取引の現場なのだと、トルクスは察しをつけた。

モウダーの商人は、エンレイズとも、ガルヴァとも自由に取り引きが出来る。エンレイズ人でも、そうしたモウダーの商人と手を組めば、ガルヴァとの取り引きは可能だ。それを、おいしい商売だと考えるエンレイズ商人もいる。ガルヴァ人との取り引きが知れれば、エンレイズの国王は彼を縛《しば》り首にするだろうが、取り引きから得られる莫大な利益を考えれば、危険を冒す価値は十分にあるだろう。

ヘリメルークは、そんなエンレイズ商人の一人なのだ。

彼は、ガルヴァ軍の司令官スルラからの手紙を受け取った。この若い司令官は、トルクスらの雇い主であるビジュの命を狙っている。スルラの背後にいる何者かの正体はまだ不明だが、ビジュはそれを、政敵のオルドヴだと確信している。

彼らが全て繋がっているのならば、先だってヘリメルークがガルヴァへ送った手紙は、オルドヴに宛てたものであった可能性が高い。

そしてもし、ヘリメルークとオルドヴが繋がっていることが証明できれば、とトルクスは考えた。

そうなれば、エンレイズ人の商人と不正な取り引きをした廉《かど》で、オルドヴを破滅させられる。ビジュの身も、ひとまずは安泰になるだろう。自分たちは報酬を受け取って、休暇を取れる。

そのための方法を、トルクスは頭の中で素早く練《ね》り上げた。テーブルの上へ身を乗り出す。

「――実は、俺の従兄弟《いとこ》が商人でね。エンレイズ製のいい品だったら、喉《のど》から手が出るほど欲しがる。見せてもらえるのか？」

相手は小さな笑い声を立てた。

「うちの扱い品は、値が張るぜ」

「だからこそ、大きな利益を生む、そうだろう？　従兄弟はいつもそう言ってる。問題は、商品を、運ぶべき場所に運んでやることだ。例えば、エンレイズの品物を、まともには買えないような場所に」

男はゴブレットに残ったワインを空けた。唇を舐めながら、上目遣《づか》いにトルクスを見やる。

「……ガルヴォに持って行きてえのか」

「ふさわしい品があればな――普通のものじゃ駄目だ。例えば――軍用品だとか」

ヘリメルークがわざわざガルヴォ軍の司令官と連絡を取り合っているとなれば、彼らがエンレイズ軍の上質な武器を扱っているということは十分考えられる。トルクスはそう見当を付けた。

男が唸《うな》り声を上げる。

「エンレイズ軍は、モウダー人に物資を払い下げたりはしない」

「……まあ、表向きはそうだろうな」

トルクスは、手をつけていなかった自分のゴブレットを、男のほうへ押しやった。受け取った男は、礼も言わずに一口飲んだ。手の震えは収まりつつある。酒の力はこの男の脳を、幾らか明晰《めいせき》にしたようだった。今では彼も、何故《なぜ》トルクスが自分にただで酒を飲ませているのか、それを理解している。

「例えば――エンレイズ軍のものじゃねえかって品物が、どういうわけかうちに運び込まれてる……そんなやつが欲しいってわけか」

取り上げられまいとしているかのように、男は両手で、ゴブレットを掴んだ。

「生憎《あいにく》だがな、そういうものは、うちの店に出入りしてるエンレイズ人が、全部持って行っちまってるぜ。ガルヴォに、いい友達がいるらしくてね」

トルクスは壁にもたれかかり、顎《あご》を撫《な》でた。

「ヘリメルークか」

男の眉が、微かに上がる。

「知ってんのか」

トルクスはうなずいた。

「商売敵《がたき》だからな」

この返事に、男は鼻を鳴らした。ゆっくりとワインを口に含む。

「そりゃ気の毒に、あんな奴と競い合わなきゃならんとはな。あいつはお高くとまった嫌な野郎だ。蛇《へび》みたいな奴だ。人を見下してる」

一瞬、男の濁《にご》った目に憎しみが宿るのを、トルクスは確かに見た。男はワインを飲み干した。

「……俺のことなんか、まるで野良犬か何かみたいに扱いやがる」

「ああ、あいつが嫌な奴なのは、よく知ってる」

トルクスは同情を示した。片手を挙げて、給仕女を呼ぶ。男のゴブレットが再び満たされた。それを半分ほど飲んだ頃には、男は大分幸せそうになっていた。

トルクスはテーブルに指で円を描きながら、ゆっくりと提案した。

「もしあんたが、店の倉庫の場所を教えてくれたら、品物を、俺の従兄弟が見に行ける。そしてあんたがヘリメルークの付け値を教えてくれたら、従兄弟がそれより高値を付けられる。どうだ？　ヘリメルークの野郎に、吠え面をかかせてやれるぞ」

「……」

ワインを見つめながら、男はしばし考え込んでいた。そして、低い声で呟く。

「そうだな――だがそういう類の品は、ここんところ入ってきてないはずだ。次がいつかも判らない」

「それでも、いずれは次があるはずだ」

トルクスの指摘に、相手はうなずいた。

「俺が教えたってことは、内緒にしてもらわねえと困る——絶対にな」

トルクスは片手を広げてみせた。

「もちろん判っている。こっちだって、そんなことを触れ回るわけにはいかないんだ」

男はワインを飲み終えた。そして二人は、合意に達した。

7

ヴァルベイドの元へアランデイルが再び顔を見せたのは、その日の夕方だった。

ミラスティンの未亡人に髪飾りと腕輪と指輪を売り、屋敷で働いている女たちに細々としたものを売って、彼は店に凱旋《がいせん》したのだ。トレンストはこの成果に、大いに気を良くした。未亡人の買い物は値引きされていたが、それを計算に入れても、アランデイルの商売が巧《たく》みであったことは疑う余地がない。

夜まで仕事を休ませて欲しいと願い出たアランデイルに、トレンストは、快く許可を出した。

「それだけの働きはしたたな」

代金としてアランデイルが受け取って来た金を数えながら、彼はそう言った。


そこでアランデイルは、もう一人の雇い主である、ヴァルベイドの元へと報告を持ってきたのである。

診療所ではちょうど、仕事中に事故に遭《あ》った男が、仲間たちによって担ぎ込まれたところだった。左腕を骨折し、顔面蒼白になっている。手当てには時間が掛かりそうだった。

診療所を覗《のぞ》き込んだアランデイルは、一目で状況を見て取った。ヴァルベイドが口を開く前に、片手を挙げて彼を遮《さえぎ》る。

「いいですよ、待ってます」

ヴァルベイドは安心して、骨折した男の治療に取り掛かった。幸い、骨折としてはそれほど難しい状態ではない。彼は患者に痛み止めを与え、正しい位置に骨を固定した。しばらくは不自由な思いをするだろうが、大人しくしてさえいれば、左腕は元通り使えるようになるはずだ。

患者が仲間たちに支えられて診療所を出る頃には、辺りは夕闇に覆《おお》われていた。

ヴァルベイドは片付けを終えて、アランデイルを捜した。金髪の若者は、奥の部屋にいた。入院患者の部屋だ。今朝手術を受けた兵士が、そこに横たわっている。

兵士の足については、治るか、それともやはり切り落とさなければならなくなるか、ヴァルベイドにもまだ判らない。これからの経過次第だ。だが少なくとも今は、兵士はいくらか元気を取り戻し、枕元の椅子に座るアランデイルを相手に、国境の話をしていた。

「他のバンダルは、偵察《ていさつ》に出るとか——少なくとも大人しくしてるのに、バンダル・アード゠ケナードは違うんだ」

ベッドに横たわったまま、若い兵士は、片手を振り回す。

「雇い主と悶着《もんちゃく》は起こす。狼《おおかみ》をそこら中うろつきまわらせる。果ては、大事な人質のいる天幕で流血騒ぎだ。どうかしてるよ、本当に」

ヴァルベイドは反射的にアランデイルの顔色を窺《うかが》ったが、アランデイルは笑いながら、兵士の話を聞いていた。もちろん兵士は、アランデイルがつい最近までバンダル・アード゠ケナードに属していたことなど知る由もない。黒い軍服を着ていなければ、アランデイルは到底、傭兵《ようへい》などには見えなかった。アランデイルは自分を商店の使用人だと説明しただろうし、兵士がそれを疑う理由もなかったはずだ。

しかしアランデイルは、バンダル・アード゠ケナードを懐《なつ》かしがっていた。国境地帯での話を聞きたいと兵士に頼み、兵士はそれに応えたのだろう。だが、離れた場所でかつての仲間の噂《うわさ》を聞くのは、心中複雑なのではないかと、ヴァルベイドは思った。もしかしたら今にも、国境ではガルヴォとの戦いが勃発《ぼっぱつ》しているかもしれないのだ。

負傷した兵士に安静を言い渡し、ヴァルベイドはアランデイルを二階へと連れて上がった。入院患者が増えたときのための、予備の部屋だ。そこならば、何を話していても、兵士に聞かれる心配はない。

背もたれの付いた椅子に収まって、アランデイルは長い溜息《ためいき》を吐《つ》いた。ヴァルベイドは彼に、甘いワインを注《そそ》いでやった。治療代の猶予《ゆうよ》を求めた商人が、利子代わりにと持ってきたものだ。

アランデイルは一口飲んで、にやりと笑った。

「これは、いい酒ですね」

「シャリースのブランデーには敵《かな》わないがな」

自分のためにも一杯注いで、ヴァルベイドは若者の正面に腰を下ろした。アランデイルは肩をすくめた。

「隊長が持ってるのは、ファイリーチのブランデーですから」

ヴァルベイドはうなずいた。ファイリーチは、エンレイズ東部にある町の名だ。エンレイズに併合されたが、かつては、セリンフィルドという国の一部だった。良質のブランデーの産地として名高い。

もう一口、アランデイルはワインを口に含んだ。

「しかも、隊長は極上品しか買いません。あれ以上の酒はないでしょう。セリンフィルド人は、あのブランデーでなければ満足しないんです。バンダル・アード＝ケナードは、半分がセリンフィルドの出ですけど、その全員が、エンレイズ産のブランデーを飲むくらいだったら、塩水を飲んだほうがましだと言いますよ。まあ、気持ちは判りますけどね、セリンフィルド人は、ファイリーチのブランデーを、子供のころから舐《な》めてたんだから」

アランデイルは口を噤《つぐ》み、思い出に耽《ふけ》るように、自分の爪先《つまさき》を見つめた。ヴァルベイドはワインを飲みながら、彼が再び口を開くのを待った。バンダル・アード＝ケナードへの思いが、若者の頭の中で渦巻いている様が、見えるようだった。

やがて、アランデイルは顔を上げた。

「――今日、ミラスティンの未亡人のところに行ったとき、ランプを見かけました」

彼は言った。そして、ランブから金を渡されたことと、ランブが書斎で、必死に何かを探していたことを話した。

「ランブの行動は、いかにも怪《あや》しいですね」

そう、結論付ける。

「でも、ミラスティンを殺すのに使った毒の残りを探している、という感じではなかったですね。彼が探していたのは、本に挟めるような紙切れです」

「彼はそれを発見したのか？」

医者の問いに、アランデイルはかぶりを振った。

「判りません。俺は、二ヶ所に同時に存在することが出来ないんですよ。でも、彼に後ろ暗いところがあるのは確かです」

ワインのカップを手の中でゆっくりと回しながら、彼はヴァルベイドの反応を見ている。

「後ろ暗い気分でいるのが明らかである以上、彼がミラスティンを殺した可能性はあります。ですが動機は判りません。彼はミラスティンの死によって、明らかに損をしていますからね」

「軍の物資に関わる仕事だ」

ヴァルベイドは肘《ひじ》掛《か》けに頬杖《ほおづえ》をついて、若者の目を見返した。

「後ろ暗いことなど、幾らでも出てくるだろう。ミラスティンとランブが、何か不正をやらかしていたとしても、私は驚かないね」

そして、しばし考え込む。

「だがやはり、彼がミラスティンを殺す理由は、思いつかない。衝動的な殺人だったというのなら、まだ話は判る。何かを巡って口論になり、かっとなって相手を殺す――そんな話は幾らでも聞くが、ミラスティンは毒殺された。毒殺には、準備が必要だ。それにもし、ランブが雇い主を毒殺したのならだ。

――現場は書斎だ。探し物はその場で済ませたはずだ。今日になって、危険を冒してやって来る理由がない。つまり、彼はミラスティンを殺していない」

「今日になって、失くし物に気付いたのかもしれませんよ」

アランデイルは少しずつ、ワインを啜《すす》っている。楽しんでいるというよりは、酒に酔うことを避けているようだ。傭兵たちはよく、こんな飲み方をしていたと、ヴァルベイドは思い出した。仕事に就いているとき不用意に酒を飲めば、それがすぐ死につながりかねない生業《なりわい》だ。

若者は唇《くちびる》の端を上げてみせた。

「でもまあ、殺人犯か否かという点においては、ランブは、最有力容疑者ではなさそうですね。それにあそこで働いている女性によると、裸足《はだし》で歩いていた奴が犯人らしいですよ」

犯人が裸足であったか、あるいは玄関を通らなかったか、どちらかだという女の説を、アランデイルは医者に話して聞かせた。

ヴァルベイドは苦笑した。

「……靴《くつ》を脱ぐことくらい、誰にでも出来るがな」

確かに、興味深い話ではあった。心に留めておく必要がある。だがそれでも、犯人の姿は、未《いま》だに影すら見えてこない。

ヴァルベイドは話題を変えた。

「ところで、下にいるあの足を怪我《けが》した兵士が、妙なことを言っていたな。君も聞いたか？　国境での話だ。エンレイズ陣営に捕らえられているガルヴォ人が、外部から入り込んだ無法者に殺されそうになったというんだ」

「聞きましたよ」

アランデイルの顔に、面白がっているような笑みが浮かぶ。

「バンダル・アード＝ケナードが撃退したとか——主に、エルディルが。きっと、さぞかし恐ろしい光景だったでしょう」

それは、ヴァルベイドにも想像がついた。彼も以前、エルディルが敵の喉笛《のどぶえ》に食らいつくのを見たことがある。長い牙が易々と人の皮膚を食い破り、白い毛皮が血で染まる光景は、人間同士の殺し合いとは、全《まった》く違う恐怖を呼び起こしたものだ。血を浴び、その匂いに興奮し、炎《ほのお》のように輝いた金色の目で見つめられると、何もかも捨てて逃げ出したくなる衝動に駆られる。

胸に甦《よみがえ》った恐怖を振り払うために、ヴァルベイドは、ワインを飲んだ。

「――だが、おかしな事件じゃないか？」

カップで、アランデイルの胸を指してみせる。

「兵士がうようよしている場所を、物盗りが好き好んで狙うはずがない。だとすれば暗殺未遂事件だということになるが、わざわざ手間を掛けて暗殺するに足るような重要人物が軍の捕虜《ほりょ》になっているのなら、ここにも話が入って来るはずだ」

アランデイルは、飲みかけのワインを小さなテーブルに置いた。両手を膝《ひざ》の上で握り合わせ、上目遣《づか》いにヴァルベイドを見る。その整った顔からは、笑みが拭《ぬぐ》い去られていた。

「一つ、取り引きをしませんか、先生」

ヴァルベイドは目を眇《すが》めて、アランデイルの青い瞳を見つめた。

「そのガルヴォ人について、何か知ってるのか」

「知ってます。教えて欲しいですか？」

「当たり前だろう？」

ヴァルベイドの目の前に、アランデイルは人差し指を立ててみせた。

「条件があります。まずは、俺がそいつの名前を教えたとして、それが何者かを先生がもし知っていたら、俺に、知っている全てのことを教えること」

眉《まゆ》をひそめる医者に構わず、アランデイルは続ける。

「それから、この人質のことについては、当面の間口外しないこと」

ヴァルベイドは顎《あご》を撫《な》でながら、アランデイルの条件を検討した。

「……それは、君の提案じゃないな」

そして、一つの結論を導き出す。

「そう、いかにも、シャリースが考えそうなことだ」

アランデイルの目に、笑みが戻った。

「御明察ですね」

「バンダル・アード＝ケナードと、連絡を取っていたんだな？」

アランデイルは懐《ふところ》から、一通の手紙を引っ張り出してみせた。

「さっき店に戻ったとき、手紙を受け取ったんです——隊長から。隊長はあのガルヴォ人と、話をしたそうです」

思わず、ヴァルベイドは身を乗り出した。

「それを見せてくれないか」

「生憎《あいにく》ですが、それは出来ません」

アランデイルはかぶりを振った。手紙を再び、懐にしまい込む。

「知られちゃ困ることも、色々と書いてありますからね」

ヴァルベイドは鼻白《はなじろ》んだが、アランデイルはもちろん頓着《とんちゃく》しない。

「ずっと、手紙のやり取りはしてました。追放されたからって、友情が死ぬわけじゃないんですよ。俺は今だって、あいつらのために、出来る限りの協力をしたいと思ってます」

言葉を切って、アランデイルは医者を見やった。

「先生もそうだといいんですが」

「——判った」

ヴァルベイドはうなずいた。彼は一度ならず、バンダル・アード＝ケナードに助けられた。もちろん、彼らは仕事をしただけだと言うことも出来るが、ヴァルベイドは恩義を感じている。バンダル・アード＝ケナードは一つの大きな家族のようで、行動を共にしていた間は、ヴァルベイドもその中に温かく迎え入れられたのだ。

シャリースは賢《かしこ》い男だ。そして何より、最前線で、問題の人質の側《そば》にいる。この人質について誰かに判断を委ねるとすれば、シャリース以外にはない。

　ヴァルベイドはワインをテーブルに置き、椅子に深く座り直した。

「そいつの名前は？」

「セクーレ」

　ヴァルベイドは記憶を辿《たど》った。その名前には、確かに覚えがあった。彼は以前ガルヴォに潜入《せんにゅう》し、有力者の元で暮らしていたことがある。そのとき、ガルヴォ王の宮廷について知識を蓄《たくわ》えたのだ。それらの知識は残らず書面にして、エンレイズ国王の手に渡していたが、彼の頭の中にもまだ残っている。

「――それは、ガルヴォ王妃の、従兄弟《いとこ》の名前だ」

　しばしの後、彼は言った。

「政治家として宮廷に出入りし、軍の改革を訴えていた。軍が無駄な金を使いすぎると言ってね」

「それについては同感ですね」

　アランデイルは小さく微笑した。

「なかなか頭のいい男のようですけど、そんなことを吹聴《ふいちょう》して回ってたんじゃ、敵は幾らでもいるでしょう」

「そうだな。実際、敵は多かったはずだ。彼が王妃の、仲のいい従兄弟でなければ、とうの昔に死んでいただろう」

　ヴァルベイドの言葉に、若者が唇の端を下げてみせる。

「彼は隊長に、ガルヴォ軍に戻ったら殺されると言ったそうです。案外、身の危険を感じて、わざとエンレイズ軍に捕まったのかもしれませんね」

「どうかな」

　ヴァルベイドは天井を見つめながら、考え込んだ。

「彼は愛国者だ――少なくとも、私が聞いた話によるとね。自分が捕まったことによってガルヴォ軍が不利益を被《こうむ》っているとすれば、心を痛めているかもしれない」

「その点については、もしかしたら、隊長がどうにかしてやるかもしれませんよ」

　アランデイルの軽い口調に、ヴァルベイドは片眉を吊り上げた。

「……捕虜の正体を知ったら、シャリースは、彼を殺すと思うか？」

若者が肩をすくめる。

「まあ、必要があれば殺すでしょうし、その責任を、ケネットとかいう総司令官になすりつける手だって考えるでしょうが、多分、そんなことにはならないと思います。セクーレが死ねば、両軍があそこで睨《にら》み合ってる理由がなくなって、大激突が起こりますからね。隊長はそんなことにならないように、ことを進めたがるでしょう」

ヴァルベイドは顎を引いた。アランデイルの言うことは判る。彼もシャリースがどんな男かを知っている。

「具体的には？」

もしかしたらその答えは、アランデイルの懐にある手紙に記されているかもしれない。ヴァルベイドはそう期待したが、相手はにやりと笑ってみせた。

「誰にも判りませんね。だからこその、〝ジア・シャリース〟ですよ」

「……」

ヴァルベイドは苦笑した。ワインのカップに口をつける。

シャリースはときに、〝ジア・シャリース〟と呼ばれている。本人がそう名乗ることはない。〝ジア・シャリース〟という呼び名を聞き覚えて、彼をそう呼ぶエンレイズ人の殆《ほとん》どは、その意味するところを知らないかもしれない。ヴァルベイド自身が、シャリースの名に冠される〝ジア〟の意味を知ったのは、バンダル・アード＝ケナードと行動を共にしていたときのことだ。

〝ジア〟はセリンフィルド語で、切っ先の鋭い剣を形容する言葉だという。シャリースの名にその形容詞を付けたのは、バンダル・アード＝ケナードの前の隊長だった男だ。シャリースは、良く砥《と》がれた剣のように、油断のならない存在だったからだと、ヴアルベイドは聞かされた。

　実際、シャリースの前任者に、人を見る目が備わっていたことは確かだ。彼から隊長の座を譲られたとき、シャリースはあまりにも若かった。それでも彼は、バンダル・アード＝ケナードを率いて名を上げた。傭兵隊長としては今でも若いが、それを理由にバンダル・アード＝ケナードを拒絶する者は、もう存在しない。

　アランデイルは立ち上がった。

「俺は帰ります。隊長に、今聞いたことを書いて送りますよ」

「またシャリースから連絡があったら、私にも知らせてくれないか」

　ヴァルベイドの頼みに、アランデイルはうなずいた。その表情には微《かす》かな陰りがあった。

「知らせます――次にもまた、ちゃんと手紙が届けばの話ですがね」

　彼らがいる戦場のことを考えて、ヴァルベイドの胸にも、重い塊《かたまり》が落ちた。


　野営地《やえいち》は、夜の闇に覆われつつある。

　フレイヴンは自分の天幕の前に立ち、陰鬱《いんうつ》な面持ちで、浮かび上がる炎の連なりを眺めていた。兵士たちが暖を取るための焚火《たきび》に加えて、灯り取りのための松明《たいまつ》も、次々に灯されていく。無数の炎が星屑のように連なっている光景は美しかった。こんなときでなければ、楽しめたことだろう。だが、西側に広がる炎の群れが、ガルヴォ人によって燃やされていることを考えるに、到底心穏やかではいられない。

　練兵は、日が落ちる前に終わらせた。焚火の前に座り込んで身体を休めている者も多いが、気の早い兵士たちは、既に夕食の支度を始めているらしい。どこからか、肉を料理する匂いが漂《ただよ》ってくる。

　白い狼が自分のほうへやって来るのに、フレイヴンは気付いた。急ぐふうでもなく、地面のあちこちを嗅《か》ぎながら、こちらに向かっている。彼女が近付くにつれ、二人の男が彼女と一緒にいるのが見えるようになった。赤い髪の正規軍兵士は、しきりに周囲を見回している。マドゥ＝アリの姿は、今にも闇に溶け込んでしまいそうだ。

フレイヴンの姿を認めると、スタッグは急ぎ足になった。エルディルが軽やかな足取りで彼を追い越し、先に、黒髪の司令官の元に到達する。

「シャリースが、何か言ってきたか？」

フレイヴンの問いに、スタッグはかしこまってうなずいた。

「はい、あの後、ガルヴォ人とケネット殿の間で、何か合意があったかどうかを知りたいそうです」

手の中に押し付けられた大きな白い頭を、フレイヴンは優しく撫でた。

「いいや、合意はない」

フレイヴンの声音には、侮蔑《ぶべつ》の響きが、隠しようもなく含まれている。

「ケネット殿は考え込んだまま動かなくなってしまった。他の者は、あの天幕で捕虜が言ったことについては何も知らされていない。何故《なぜ》ケネット殿が天幕に籠《こも》っておられるのか、皆不審に思っているところだ。ケネット殿は、ガルヴォ陣営から来た使いも追い返した」

赤毛の若者は、困惑したような顔になった。おずおずと確認する。

「……つまり、ケネット殿は、ガルヴォ人と話し合ってもいないんですね？」

フレイヴンが鼻を鳴らした。

「総司令官たる者が、何故あんなにも怠慢《たいまん》でいられるのか、何故それが許されているのか、私には謎だ。だがそれは、上の連中の問題だ。デイプレイが動かないのは、親戚の真似をしているらしいということは判ったがな」

フレイヴンを宥《なだ》めようとするかのように、エルディルが彼の脇腹に頭を押し付ける。フレイヴンは狼の耳の後ろを掻《か》いてやった。上官が大きな狼を、犬と同じように無造作に扱う様を、スタークは驚嘆の眼差《まなざ》しで見つめた。

　そしてふと、問題の副官が側にいないことに気付く。

「デイプレイ殿はどこにおられるんですか？」

「あそこだ」

　フレイヴンは片手で、ケネットの天幕を指した。

　確かに、フレイヴンの副官はそこにいた。誰かを待っているかのように、辺りをうろついている。

「大方、私の下から離れたいとでも、訴えようとしているんだろう」

　フレイヴンの推測《すいそく》は、スタークの耳にもそれほど的外れには聞こえなかった。スタークもストリーで暮らしていた時分に、貴族の若者の多くがどのような考え方をするものか、学ぶ機会を何度か得ていた。

　彼らは自分が特権階級の人間であることを決して忘れない。特別扱いされることに慣れ、それが当然だと信じている。

　スタークの見るところ、デイプレイはその典型だった。平民の出で、しかも厳しい司令官であるフレイヴンの下に就けられ、デイプレイが喜んでいるはずがない。

　デイプレイが側にいないのであれば、シャリースから託された、もう一つの質問をすることが出来る。これについては誰にも聞かれないようにしろと、シャリースが釘を刺したのだ。

　幸い、恐らくエルディルとマドゥ＝アリを避けて、他の兵士も側に近寄ってきてはいない。

「フレイヴン殿は、あのガルヴォ人の提案について、どうお考えですか？」

　スタークの問いに、フレイヴンは目を眇めた。何を尋ねられたのか、咄嗟《とっさ》に理解が出来なかったような顔だった。

　次の瞬間灰色の目に怒りが宿るのを目にして、スタークはたじろいだ。

「あのガルヴァ人が何を言ったか、まさかシャリースは、おまえに話したのか⁉」

押し殺した声で、フレイヴンはスタークを問い詰める。

「いえ」

上官の勢いに押されて、スタークは思わず一歩退いた。

「ガルヴァ人が何を言ったのか、僕は知りません。しかしシャリースが、訊《き》いてこいと……」

真偽を確かめるかのように、フレイヴンが部下の目を覗き込む。スタークは何とか逃げずに持ちこたえた。

フレイヴンは顔を背《そむ》けた。

「あの提案について私がどう考えようと、何の役にも立たないと、シャリースに言っておけ。私がどうにか出来ると考えているのなら、それは大きな間違いだとな」

苛立たしげに吐き捨てる。

「だがいっそ、あの捕虜の言う通りにしてやってもいいかもしれん。こんな茶番は、もううんざりだ」

スタークはうなずいた。上官の一言一言を脳裏に刻みつける。それから彼は、意を決して口を開いた。

「あの……フレイヴン殿」

「何だ」

「僕はずっと、バンダル・アード＝ケナードと一緒にいるんですが――その、これからも……？」

フレイヴンは片眉を吊り上げた。

「不満があるのか？　傭兵どもに痛めつけられているわけではないだろう？」

慌てて、スタークはかぶりを振った。

「いえ、彼らは親切です。でも、親切すぎて、何だかちょっと怖いというか――他のバンダルには、連絡役なんていないし、何でかな、と……」

スタークの声は、尻すぼみに消えた。上官が苛立ちを募《つの》らせるのが、手に取るように判ったのだ。

「他のバンダルの隊長は、シャリースよりも、雇い主に対する礼儀を弁《わきま》えているんだろう。せっかくあの男と顔を突き合わせずに済む方法を考えたんだから、おまえまで私を怒らせるな！」

最後は、怒鳴《どな》り声になった。スターグが飛び退《すさ》る。

「はい、すみません！」

大慌てで、スターグは去っていった。エルディルが跳ねるように、その横を行く。マドゥ＝アリはフレイヴンに目を向けることさえせずに、彼らの後を追った。

フレイヴンは眉間《みけん》に深い皺《しわ》を刻んだまま、彼らの姿を見送った。


フレイヴンの見解は、直ちに、スターグからバンダル・アード＝ケナードへと伝えられた。

赤毛の若者は労をねぎらわれ、夕食を与えられた。チェイスとライルが、彼と食事を共にする栄誉を得た。彼らの仕事はスターグと食べ物を分け合うことと、スターグを、話の聞こえない場所へ置いておくことだ。

もちろんスターグも、それについては理解していたことだろう。だが彼は余計な好奇心を発揮することなく、チェイスたちに連れられて、バンダル・アード＝ケナードの野営地の隅《すみ》へ引き下がった。どうせ傭兵たちは、彼に秘密を明かさない。ならば、何も知らぬままに早めの夕食を摂《と》れるほうがありがたいと、その顔に書いてある。料理の匂いにつられたように、エルディルが、若者たちの後をついていく。

一方、シャリースの周りには、残りの面々が集まった。

「——なるほど、彼は正規軍の中で忍耐力を鍛えているわけだな」

メイスレイが、フレイヴンをそう分析してみせる。

「上官があの優柔不断ぶりでは、彼のように気の短い男は、さぞかし腹も立つだろう。だが、ときには辛抱も必要だ。彼がそれを学ぶに、これ以上の機会ぐるりと周囲を見回して、シャリースは異国の男の姿を捜した。

「マドゥ＝アリ、周りにおかしな動きはなかったか？」

マドゥ＝アリは、黙ってかぶりを振った。それを見て、傭兵たちの間から落胆《らくたん》と安堵《あんど》が混じり合った呻《うめ》き声が上がる。

一人が、大きな溜息を吐いて言った。

「これだけやり甲斐《がい》のない仕事も珍しいな」

別の一人が鼻を鳴らす。

「目の前にガルヴォ軍がでんと居座ってるこの状況に我慢しているだけで、俺は十分、やり甲斐を感じてるがな」

「俺もだ」

賛同の声が幾つか上がったが、シャリースは片手を挙げて、それを遮った。

「ただ座り込んで奴らと睨み合うだけなら、ガキにだって出来るんだよ。なあ、考えてみろ。俺たちのはないだろうな」

「その上さらに、俺たちが鍛えてやっているわけだ」

ダルウィンが、皮肉な口調で言い添える。

「――まあ、どうせ感謝はされないだろうが」

「俺はもう、嫌というほど忍耐を学んだけどな」

シャリースは唇の端を下げた。

「それでもケネットの野郎を見ると、あのでかいけつを蹴飛《けと》ばしてやりたくなるぜ。だが、たとえ本当に蹴飛ばしてやったって、あいつの脳みそが正常に動き出すとは思えねえな」

「そもそも、脳みそなんて上等なものが、あの頭に詰まっているもんかね」

ダルウィンの呟《つぶや》きに、小さな笑い声が起こる。だが実際は、笑って済ませられることではない。皆、それを承知している。ケネットがとにかく何かを考え、決定しなければ、エンレイズ陣営の兵士たちは、身動きすることすらままならないのだ。

報酬の額は、もう決まってるんだぜ。ずるずるここに引き止められてると、一日当たりの収入がどんどん減ってくんだ。春になるまでここにいることになったら、町の使い走りの坊主のほうが、俺たちよりも金持ちになってるだろうよ」

「……」

　隊長の指摘に、部下たちは黙り込む。

「バンダル・ルアインは、一日幾らで報酬をもらってるそうだ」

　やがて、タッドが口を開いた。黒い髭面《ひげづら》の、ずんぐりとした男だ。

「さっき、あの連中と喋《しゃべ》ってたときに聞いた」

　シャリースがにやりと笑う。

「そうやって、じわじわと雇い主の首を締め上げてるわけだな。取りはぐれのない、いい手だ。だが俺たちの場合は、そういうわけにもいかねえからな」

「早くいい手を考えないと、タッドがバンダル・ルアインに鞍替《くらが》えするぞ」

　真面目な顔で、メイスレイが言った。周囲からは笑い声が上がる。タッドがそちらを睨んだが、メイスレイは平然と座っている。

　彼らは二人とも歴戦の傭兵だが、バンダル・アード＝ケナードに加わったのはごく最近のことだ。タッドはそれを冗談の種にされるのを嫌がるが、相手が同じ立場のメイスレイでは、何と言い返せばいいのか判らないらしい。

　マドゥ＝アリが、シャリースの視線を捉える。シャリースはうなずきかけて、彼を促《うなが》した。

「スタークは、自分一人だけが連絡役というものにされて、ずっと傭兵の中に留められているのはおかしいと思ってる」

　静かに、彼はそう報告した。

「さっき、フレイヴンにそう言っていた」

「……ま、確かに、変な話ではあるな」

　ダルウィンが困ったように頭を掻く。

「長引けば長引くほど、このおかしな状況に、皆が気付くようになるだろうよ」

シャリースも、それを認めた。

「これほど長引くことになろうとは予想していなかった――これほど、馬鹿馬鹿《ばかばか》しいことになろうとはな」

傭兵たちは、彼の言葉にうなずいた。誰も、こんなことは想像していなかった。彼らの心づもりでは、今頃は仕事を終え、居心地のいい宿でのんびりと寛《くつろ》いでいるはずだったのだ。

「だが、俺たちには切り札がある」

シャリースは続けた。

「……切り札に、なってくれるといいんだがな、あいつが」

付け加えた一言は、しかし少しばかり弱い。ダルウィンがその名前を口にする。

「アランデイルか」

「〝哀れな追放者〟」

メイスレイの口を衝《つ》いて出たのは、古い詩の一節だ。

「〝藁《わら》の中で眠り、星に涙す……〟」

「……うまくやってるかな」

ぽつりと呟いたのは、ノールだった。バンダル一の巨漢は、優しい心の持ち主だった。軍服を脱ぎ、一人バンダルを離れたアランデイルを、本気で心配している。

ダルウィンが腕を伸ばして、その逞《たくま》しい肩をどやしつけた。

「あいつは泣きながら藁の中に潜《もぐ》り込むような、しおらしい奴じゃない。俺たちより、よっぽどうまくやってるだろうよ」

全員が、その見解にうなずいた。だが、笑い飛ばす者はいない。欠点はあったが、アランデイルは傭兵たちに好かれ、頼りにされてもいた。彼の不在は、バンダル・アード＝ケナードの面々を落ち着かない気分にさせている。

「てめえの心配をしてろと、アランデイルなら言うだろうな」

シャリースは、ガルヴァ軍の火を眺めた。

「あいつは安全だ。多分、俺たちよりはな。俺たちは、自分の心配に専念しようぜ」

彼らはしばらくの間、黙って敵陣営を眺めていた。


ケネットの天幕では、副官のビーストンが長広舌を振るっていた。

「ここまで時間が掛かっている以上、ガルヴァ国王は、妻の従兄弟を捨て駒にしているとしか考えられません。我々が処刑するのを待っているのです。恐らくガルヴァ国王は、かねてからあの男を疎《うと》ましく思いながら、王妃の手前、遠ざけることも出来ずに、苦い思いをしていたのでしょう。我々が彼を捕らえたのを幸い、己の手を汚《よご》さずに彼を排除するつもりに違いありません」

ビーストンはケネットの副官だが、年はケネットより上で、経験も豊富だった。彼がケネットの下に就けられたのは、実務能力の高さを上層部に買われたためだ。ケネットには、身分はあってもさほどの実績がない。それらのことを考え合わせると、ケネットはこの副官の言葉に、真摯《しんし》に耳を傾けなければならない。

しかし、ビーストンの言うことが、必ずしも、ケネットの耳に心地よく響くわけではない。

ガルヴァ国内の事情について、自分はケネットより幾らか詳しいと、ビーストンは主張している。だがケネットは、この副官の言葉に懐疑的だった。ビーストンは彼同様、ガルヴァに行ったこともなければ、ガルヴァ人と知り合いですらないはずなのだ。

セクーレは最初から、ガルヴァの宮廷の事情について、頑《がん》として口を閉ざしたままだ。新しい情報は、どこからも入っていない。ビーストンが、ガルヴァ国王の考えを、どうして理解できるというのだろうか。

上官の不機嫌な表情を無視して、ビーストンは言葉を続ける。

「従兄弟がエンレイズ人に殺されれば、王妃は悲しむでしょうが、国王は、目の上のこぶが取れたと喜ぶでしょう。そして王妃の悲しみを利用して、国民の士気を高める気です。セクーレの敵《かたき》を取り、王妃の悲しみを癒《いや》そうと、多くの若者が軍に志願することでしょう」

その可能性が無いわけではないということは、ケネットも認めざるを得ない。

だが、当然別の考え方も出来る。ガルヴォ国王とその腹心たちが、何とか面目を保ったままこの戦場から撤退する、その方法を模索している可能性も、やはり存在するのだ。もしかしたら明日にもガルヴォ軍は撤退するかもしれない。そしてケネットは兵を欠くことなく勝利を収めたとして、栄光に包まれて凱旋できるかもしれない。

ビーストンはしかし、ケネット個人の成功については、何の関心も抱いていない。彼は自分の説を心から信じ、それ以外の可能性など考えもしないのだ。

「セクーレに英雄的な死を遂げさせるという、ガルヴォ国王の卑劣な企《たくら》みを挫《くじ》くためには、セクーレを本国に送り返すのが一番です」

そう主張する副官に、ケネットは胡乱《うろん》な目を向けた。

「では、おまえはバンダル・アード゠ケナードに任せろというのか」

「まさか」

ビーストンは大袈裟《おおげさ》に目を見開き、右手を自分の胸へ当ててみせた。

「これは、傭兵ごときに任せていい問題ではありません。第一バンダル・アード゠ケナードは、フレイヴンが雇った傭兵隊です。横取りするのは酷というものでしょう。お許しがあれば、私があの男を連れて行きます。モウダーから入るという彼の案は、実際的です。遠回りですが、安全でしょう」

「……」

ケネットは苦々しい思いで唇を歪《ゆが》めた。ビーストンはもう、セクーレをここから追い出すことしか考えていない。確かにそれも、一つの解決策ではある。ここに長期間留め置かれることになった兵士たちから不満の声が上がっていることは、ケネットも当然承知している。

だが、何の成果もないまま人質を返すという事態になれば、自分の手柄《てがら》にならぬどころか、彼が非難を受けることにもなりかねない。

セクーレは、自分がガルヴォに戻れば、この睨み合いを双方に損のないように終わらせられると、ケネットに言った。だがケネットの耳には、それは苦し紛《まぎ》れの出まかせにしか聞こえなかった。何より、ガルヴォ人の言うことなど、信用できるはずもない。

そしてケネットは、自分が泥沼に嵌《はま》っていることを承知しながら、どうすることも出来なくなっているのだ。


「――だがやはり、もう少し様子を見ることにしよう」

総司令官の言葉に、ビーストンは、舌打ちしかねない顔になった。ケネットはあえて、そちらに目を向けなかった。面倒事はもう十分だ。これ以上、副官とのいざこざまで抱え込みたくなかったのだ。

腹立ちを押し殺しながら、ビーストンは上官の天幕を出た。

失望することには慣れていた。軍に入って以来、彼は落胆と挫折《ざせつ》を、数え切れないほどに経験してきた。ケネットの下に就いてからも、状況が変わることはない。

一人の兵士が、彼の姿を見つけて、走り寄って来る。彼が出てくるのを待ちかねていたらしい。それが何者かを認めて、ビーストンは思わず顔をしかめた。デイプレイだ。

ビーストンは咄嗟に、人気《ひとけ》の少ないほうへと足を向けた。デイプレイが追いすがって来る。相手がデイプレイである以上、誰かに聞かれてはまずい話になるはずだ。デイプレイは、時と場所を弁えることを知らない若者だった。

ビーストンは、焚火の光が僅《わず》かに届く薄暗がりで足を止めた。

「ケネット殿は、何と？」

デイプレイが性急に尋ねる。年輩の男はかぶりを振った。

「何とも。考えたいそうだ」

この返答に、デイプレイはいきり立った。

「一体いつまで考えれば気が済むんだ！」

鋭くそう吐き捨てる。若者の言葉は恐らく、ここにいるエンレイズ全軍の気持ちを代弁したものだっただろう。だがそれは、総司令官の天幕の側で、大声で叫んでいいものではない。

「聞こえるぞ」

ビーストンが窘《たしな》めると、デイプレイははっと息を呑《の》んだ。

「……失礼しました。しかし……！」

憤然《ふんぜん》とした眼差しで、彼は、親類の男が収まっている天幕を見やる。

「このままでは、全てが無駄になってしまいますよ」

「そうならないように、手を打たなければならない。頭を使ってな」

ビーストンは若者に言い聞かせた。

「とにかく君は、フレイヴン殿のところにいたほうがいい」

馬鹿にしたように、デイプレイは鼻を鳴らした。

「大丈夫です。彼は僕なんかを必要としていません。自分で何でも出来ますからね。さすが平民だ」

「確かに、彼は君など必要とはしていないだろう」

ビーストンは微かな冷笑を唇に浮かべた。

「だがフレイヴン殿は、君の動きを監視しているぞ。君に何かあれば、彼がその責任を問われるかもしれないのだからな。本心では、君を縛《しば》り上げて、箱の中にでも閉じ込めておきたいはずだ。問題を起こさないようにな」

「くそっ」

若者は悪態を吐いた。言われてみればその通りだと、彼も認めざるを得なかった。フレイヴンの冷たい灰色の目を思い出し、苛立ちと、そして少しばかりの恐怖を覚える。フレイヴンは平民だ。財産があるわけでもない。にもかかわらず、今の地位にのし上がった。ここまで来るのに、どんな手を使ってきたか判ったものではない。

ビーストンは素早く周囲を見回した。

「口を慎め。誰が聞いているか判らない。特にフレイヴン殿は、バンダル・アード゠ケナードを味方につけているんだからな」

眉を寄せて、デイプレイは年嵩《としかさ》の男を見やった。

「フレイヴン殿とシャリースは、お互い、顔も見たくないという間柄ですよ」

ビーストンはかぶりを振った。

「たとえそうだとしても、戦場では雇い主の身を守るのが、傭兵の仕事だ」

だがデイプレイは、懐疑的な表情を崩さない。

「バンダル・アード゠ケナードに忠誠心を起こさせるだけの金を、フレイヴン殿が用意したとは思えませんけどね」

「傭兵は、雇い主を守る」

ビーストンは繰り返した。

「金のためだけでなく、自分たち自身の評判のためにな。一度評判を落とせば、次からは自分の腕に高値が付けられないということを、彼らは承知している。自分たちの利益のためなら、彼らは何でもする。同じエンレイズ人も平然と殺す。場合によっては、敵よりも始末に負えない奴らだ」

苦り切った声音だ。正規軍に長くいる者の殆どは、傭兵隊を必要悪だと考えている。彼もまた、そのうちの一人だった。

デイプレイは顔をしかめたまま、バンダル・アード＝ケナードがいるほうへと視線を投げた。

8

ビジュが野営地《やえいち》を歩くと必ず、彼が獲物《えもの》の兎《うさぎ》であるかのような目で見る兵士が、何人かいる。

今はフォルサスや部下たちも、それらの兵士が全て、スルラと繋《つな》がっていることを確認している。兵士たちは明らかに、ビジュと傭兵《ようへい》たちに害意を抱いているようだったが、傭兵たちは付け入る隙を与えていない。スルラとその配下の者たちもまた、衆人環視の中、なりふり構わずビジュを殺そうとするほど、切羽詰まっているわけではないらしい。

他の司令官たちについても、傭兵たちは警戒を怠《おこた》ってはいない。ビジュと、彼が救い出そうと必死に働きかけているセクーレは、軍事予算を削減《さくげん》しようとしている一派だ。司令官たちの中には、彼らを快く思っていない者もいる。

だがフォルサスが最も注意を払っているのは、やはりスルラの動向だった。

スルラは若く、そして愚《おろ》かだ。少なくとも、フォルサスの目にはそう映っている。しかもスルラは、モウダーにいるエンレイズ人と、良からぬ付き合いがある。そんな男は何をしでかすか判らないと、フォルサスは考えていた。

エンレイズ軍との交渉は止まっている。ビジュはただ、陣営内で気を揉《も》んでいる。そろそろ潮時だと、フォルサスは考えた。この雇い主とは、彼の命を守るということで契約した。雇い主がすべきことを見失っている今、道理を説いてやるのに不都合はない。恐らくビジュは、他の雇い主同様、傭兵隊長の忠告を喜ばないだろうが、フォルサスは暗い見通しを語るのを躊躇《ためら》ったりはしない。

ビジュは今、天幕の側《そば》で焚《た》かれた火で暖を取っていた。朝の空気に晒《さら》されて、白い息を吐きながら身を縮めている。周囲を固める警護の傭兵たちと比べても、格段に疲れた顔だ。

フォルサスは雇い主に歩み寄った。視線を向けてきた部下たちにうなずきかけ、ビジュの隣に並んで立つ。ビジュは火に手をかざしたまま、傭兵隊長を見やった。

「今朝は寒いな」

フォルサスは同意の印に顎《あご》を引いた。そして尋ねる。

「腹ごしらえはしたか?」

ビジュはかぶりを振った。

「いや――食欲がなくてね」

「腹を温めておいたほうがいい。それから、宮廷の知り合いに手紙を書くんだ」

傭兵隊長の唐突な言葉に、フォルサスは首を傾げた。

「手紙? 何の手紙だ? セクーレ殿のことなら……」

片手を挙げて、フォルサスは雇い主を遮《さえぎ》った。

「セクーレ殿の救出を訴える手紙を、毎日書いているのは知っている。これは全《まった》く別の話だ。スルラという若造が、あんたの政敵のオルドヴと、何らかの繋がりを持っているのかどうかを、はっきりさせておくんだ。誰でもいいが、それを訊《き》いて回れるだけの図太い神経と、それなりの地位を持っている人間に問い合わせろ」

しばしの間、ビジュは呆然とフォルサスの顔を見つめていた。

「……そんなことをすれば、オルドヴに気付かれないはずはない」

やがて、ぽつりとそう呟《つぶや》く。絶望の色が、その表情に浮かんでいる。

「もしオルドヴが、スルラと何の関わりも持っていないのなら」

フォルサスは雇い主へ、穏やかに言い聞かせた。

「この件についてオルドヴが知ったとしても、何の差し障《さわ》りもない。彼はあんたの馬鹿《ばか》さ加減を嘲笑《あざわら》うだろうが、笑われたところで、あんたは痛くも痒《かゆ》くもないはずだ」

「それは……そうかもしれないが――」

「そしてもし、オルドヴが実際、スルラにあんたの殺害を命じているのなら」

フォルサスは言葉を継いだ。

「もちろんオルドヴは、スルラとの関わりを必死で隠そうとするだろう。もしかしたら、隠しおおせるかもしれない。だが彼らが繋がっているという噂《うわさ》は、大勢の人間に知れ渡る。オルドヴは多分、ガルヴォの宮廷にいるんだろうが、スルラはずっとここにいる。万一あんたがここで不審な死を遂げたら、下手人《げしゅ》はスルラで、その背後にはオルドヴがいると、誰もがそう考えることになる」

「……」

ビジュは眉根《まゆね》を寄せた。じっと、傭兵隊長の言葉を嚙《か》み締める。

「――それで、私の身が安全になるとでも？」

しばしの後、彼は疑わしげにそう尋ねた。

「いや」

フォルサスが素っ気なく応じる。

「だが、もしかしたら、しばらくはあんたにちょっかいを出さなくなるかもしれない。もしこの状況であんたが殺されたら、オルドヴは苦境に立つことになるだろうからな」

この可能性に、ビジュは興味をそそられたようだった。その目に熟考の色が宿る。

彼はこの静かな戦場で、日々、絶望と恐怖を味わい続けている。傭兵隊を護衛に雇ってはいても、自分が本当に殺されるかもしれないという恐れは、はちきれんばかりに膨《ふく》らんできているように見えた。半ば覚悟を固めたこの政治家にとって、自分の死と引き換えにオルドヴを失脚させるという案には、それなりの魅力があるのだ。

フォルサスは舌打ちで、雇い主の注意を引いた。

「自分が死んだ後のことは考えなくていい。忘れないでもらいたいが、あんたには生き延びることを考えてもらわなければならない。国王陛下へも手紙を書いて、もう十分に戦場を視察したから、宮廷に戻りたいと願い出るんだ」

ビジュの目が、大きく見開かれた。完全に虚《きょ》を衝《つ》かれた態《てい》だ。片手で、エンレイズ陣営の方角を指す。

「――セクーレ殿を、あそこに見捨てて帰れと？」

「そうだ」

冷ややかに、フォルサスは応じた。

「あんたがここにいて、一体何が出来る？　エンレイズ軍は、セクーレ殿の命と引き換えに我々を撤退させようとしているが、ここの連中は、腹の中ではセクーレ殿などどうでもいいと考えている。国王陛下は、彼の救出に熱心ではない。王后陛下は夫の説得に努めているかもしれないが、成果は上がっていない。それにこの数日、エンレイズ軍が話をしようともしないことを考えるに、もしかしたら向こうで何かが起こって、セクーレ殿はもう死んでいるかもしれない」

「そんな……」

ビジュは絶句した。助けを求めるように辺りを見回す。しかし、傭兵たちは誰一人として、ビジュの立場を擁護《ようご》しようとしなかった。周囲を警戒しながら、黙って、このやり取りを聞いている。驚いた素振りを見せる者すらいなかった。全員が隊長の見解を支持しているのだ。

さらに、フォルサスが畳み掛ける。

「あんたは交渉をまとめられない。ここで神経をすり減らしていても、それでセクーレ殿が快適に過ごせるわけでもない――まだ彼が生きていればの話だが。あんたは宮廷に戻って、セクーレ殿の後釜《あとがま》に座る手筈《てはず》を調えたほうがいい。セクーレ殿がいかなる犠牲を払ったか、あるいは払いつつあるかを切々と訴えて、同情を集めるんだな。この場で軍がいかに無力かを知らしめれば、セクーレ殿やあんたの意見

に賛同する者も増えるだろう」

「……」

ビジュは黙り込んだ。

傭兵の一人が、その手の中に、熱いスープの入った椀《わん》を押し付ける。無言の慰《なぐさ》めに、ビジュは小さくうなずいて応えた。両手で椀を抱え持ち、立ち尽くす。

そこへ、フォルサス宛てに一通の手紙が届けられた。

持ってきたのは、正規軍の兵士だった。モウダーから今朝早くに到着した商人が、それを預かって来たのだという。フォルサスは礼を言って受け取り、その場で封を切った。雇い主が放心したような顔でスープを啜《すす》っているのを横目に見ながら、手紙を開く。トルクスからだ。

トルクスはジャルドゥの町で、エンレイズ人の荷を調べていた。

ヘリメルークが出入りしている倉庫には、エンレイズ軍から不正に入手した品物が山積みになっているものと、トルクスはそう考えていた。フォルサスも、内心でそれを期待していた。エンレイズ軍の物資が発見されれば、それを追跡することによって、何らかの成果が得られるだろう。少なくとも、スルラに繋がる何かを見つけられる可能性が高い。ヘリメルークとスルラとの間に、手紙のやり取りがあることは判っている。彼らの繋がりは、後ろ暗いものに間違いない。その証拠を摑《つか》めれば、まずはスルラを排除することが出来る。

ところがトルクスの手紙によると、倉庫には、エンレイズ軍から流れた物と断定し得る品はなかったという。

トルクスの情報筋は、ここしばらく、エンレイズ軍からの荷物は殆《ほとん》ど流れてきていないと証言している。それはどうやら事実らしいと、トルクスも認めていた。その理由は判らない。

もしかしたら、ヘリメルークがガルヴォ陣営から受け取っていたのは、身近に危険が迫っているとの、警告の手紙だったのかもしれないと、トルクスは推測《すいそく》していた。

ビジュの警護に当たっていた傭兵隊の数人が姿を消したことに、スルラが気付いた可能性はある。何といっても彼とその配下の者たちは、傭兵たちの隙を突こうと、虎視眈々《こしたんたん》と狙っていたのだ。傭兵たちの動きを細かく把握《はあく》していたとしても、さほど不思議なことではない。ヘリメルークはスルラからの警告を受けて、エンレイズ軍の荷から、一時的に手を引いているのかもしれない。

そして手紙の最後には、走り書きで、ヘリメルークがガルヴァ陣営へ向かう商人に手紙を託したことが記されていた。自分も同じ商人に、これから手紙を預けるつもりだと。

フォルサスは顔を上げた。部下たちはトルクスからの手紙に興味津々《しんしん》だが、隊長の手元を覗《のぞ》き込むほど、図々しい者はいない。

「スルラにも、手紙が届いたか？」

この隊長の問いに答えが得られるまで、少しばかり時間が掛かった。

スルラの動向を見張っている仲間の元へ、傭兵の一人が使いに出される。陣営内で目立たぬよう、彼はさりげなく歩いて行くように命じられた。やがて彼は、散歩でもしているかのような足取りでのんびりと戻ってきたが、その表情から、すぐにも駆け出したいという思いを抑えていたことが窺《うかが》えた。

「届いてました」

フォルサスと雇い主へ、そう報告する。

「トルクスからの手紙と一緒に、モウダーから届いてます」

フォルサスはうなずいた。そして、徐々に集まってきていた部下たちを見回す。

「その手紙が見たい」

隊長の希望に、部下たちは互いに顔を見合わせた。

「スルラが焼いてしまったかもしれません」

一人がそう口にする。フォルサスはうなずいた。

「そうかもしれない」

そして彼は、別の一人に目を留めた。傭兵になる前には泥棒だったことがあり、今もしばしば、その腕前を期待されている男だ。

「だがもし、奴が手紙を始末していなかったら、盗み出せるか？」

相手は肩をすくめた。

「スルラが手紙を天幕に置いているか、懐《ふところ》にねじ込んでいるかによって、難しさはかなり変わってきますよ」

「手紙は既に何通も届いているはずだ」

フォルサスは推測した。

「全てを懐にしまって歩いているはずがない。焼き捨てていなければ、天幕の中にある」

「やれと言うのならやってはみますが、スルラに気付かれないようにするのは無理です。あるはずのものが無くなれば、どんな馬鹿でも気付きますすよ」

その指摘が当を得ていることを、フォルサスも認めた。

「そうだな。盗み出してくる必要はない。内容が判ればいい。エンレイズ語の読める奴を連れて行け」

「判りました」

あまりにもあっさりとなされた窃盗の計画を、ビジュは青ざめた顔で眺めている。

「……大丈夫なのか？」

恐る恐るそう尋ねる。もしも傭兵たちがへまをしでかし、スルラの天幕にいるところを押さえられでもすれば、雇い主として、彼が責任を取らされることになるかもしれない。傭兵たちを解雇するような羽目にでもなれば、彼の命は尽きたも同然だ。

だがフォルサスは、雇い主の動揺《どうよう》に、一欠片《ひとかけら》の慈悲《じひ》も与えなかった。彼はただ、雇い主にこう命じた。

「手紙を書け」

バンダル・アード＝ケナードの元へ、馬に乗った使者が到着したのは、昼前のことだった。

ストリーで雇われたという騎馬の男は、預かって来た手紙をシャリースの手に渡すのと引き換えに、後金として、銀貨を一枚要求した。

「送り主から前金として一エルギード、受け取り人から一エルギード受け取るのが決まりでね」

説明しながら、彼は一枚の紙を取り出してみせる。この手紙を運搬する際の書類だ。受け取り人から後金の支払いを拒否されないために、この使いも、色々と頭を絞っているらしい。

書面には、アランデイルの名前が手書きで書かれ、彼が既に、一エルギード銀貨をこの使者に払ったこと、手紙を受け取るために、さらに一エルギードが必要であると印刷されている。

その下には、くどくどとこんな文句が書き連ねられていた。

『百コペラス、または一エルギードを支払うか、あるいは一オウル渡して九エルギードの釣りをもらうこと』

とにかく一エルギード相当以上の金を払うなと念を押しているのは、紛《まぎ》れもなく、アランデイルの筆跡である。必要とあれば詐欺《さぎ》まがいのこともするアランデイルは、他人を易々とは信用しない。だがここまで書けば、この使者がどんなに工夫を凝《こ》らそうと、後金の額を勝手に吊《つ》り上げることは不可能だっただろう。

シャリースはこれを見て苦笑した。馬に跨《また》がったままの相手を見上げる。

「間違いなく、後金は一エルギードのようだな」

「あんたの友達は、用心深いよ」

相手は、気を悪くしたふうでもなく肩をすくめた。

「だが、これくらい用心深くなけりゃあ、ストリーでは、商売はやっていけないからな。現にあんたの友達は、俺に仕事を頼む前に、別の騎手を断ったよ。そいつは、後金を誤魔化す野郎でね」

シャリースは銀貨を一枚支払い、相手はそれを受け取った。シャリースに受け取りの署名をさせ、その書類をしげしげと眺める。

「実際、あんたの友達が書いたこれは、いい案かもしれねえな。俺は、正直な商売をしてるんでね。代金のことでうるさく言う客には、これからはこれを書いてもらうとしよう」

そして彼は、馬に水を飲ませる場所を探しに行った。

「思った通りだ」

昼食の準備をしながら、ダルウィンが幼馴染《おさななじみ》へ片目を眇《すが》めてみせる。

「アランデイルは、いい商人になってる。傭兵なんかより、よっぽどあいつには合ってるんだろうぜ」

アランデイルからの手紙は、しっかりと封印されていた。シャリースは立ったまま、それを少しずつ剝《は》がしていった。馬に乗ったストリーからの使者は当然注目を浴びており、彼が何を運んで来たのかと、バンダル・アード＝ケナードの面々が、興味津々で集まってきている。

ようやくシャリースは、手紙を開いた。急いで読み始める。

「一エルギードもの大金を使わせたからには、それなりの知らせなんだろうな?」

ダルウィンが声を掛けてくる。だが、彼もアランデイルを疑っているわけではない。一刻も早く中身が知りたいのだ。

シャリースは顔を上げた。

「――それなりの知らせだ」

目顔で部下たちを側に集める。幸い、赤い髪の正規軍兵士は、本来の上官の元へ出向いていた。一日に一回は顔を出すよう言われているのだ。フレイヴンが気に入りのエルディルは、嬉々としてそれに付き合っている。マドゥ＝アリも狼《おおかみ》についていっているはずだ。

「アランデイルは、あの医者の先生を巻き込んで、情報をせしめた」

彼は部下たちに説明した。アランデイルがストリーでヴァルベイドと関わりを持っているのは、もう皆が承知している。

シャリースは声を潜《ひそ》めた。

「ケネットの野郎が大事に抱え込んでる捕虜《ほりょ》の正体が判った。ガルヴォ王妃の身内だ」

真剣に聞き入る部下たちに、彼は、手紙の重要な部分を読み上げてやった。部外者の耳に入らぬよう周囲を警戒しながら、全員が、真剣に聞き入った。セクーレは王妃の従兄弟《いとこ》で、軍の縮小を企《たくら》んでいる。軍が彼の奪還に熱心でないことにも、逆に彼を見殺しにして攻め込んでこないことにも、これで納得のいく説明がつく。

「……フレイヴンに知らせるのか？」

やがて、メイスレイが問題を提起する。シャリースは部下たちの顔を見渡した。彼らはシャリースの言葉を待っている。

「そうだな……」

顎を撫《な》でながら、シャリースは考え込んだ。

「ケネットは上層部に、セクーレのことを報告していない。俺たちがこの情報をフレイヴンに教えてやれば、奴はその事実を暴くと、ケネットに脅《おど》しを掛けることが出来る。フレイヴンはここでぶらぶらしていることに、心底うんざりしてるからな。それに、俺たちがこの情報を漏《も》らすとすれば、相手はフレイヴン以外にないだろう。俺たちとの雇用関係云々は問題じゃない。正規軍の中でケネットを相手にことを構える気概《きがい》を持ってるのは、多分、あいつ一人だけだ」

傭兵たちはうなずいた。異を唱える者はいない。

「フレイヴンに脅されれば」

シャリースは続けた。

「ケネットはセクーレを、ガルヴォの重要人物として上層部に預けて——何故《なぜ》今まで黙っていたのか、と、上の叱責《しっせき》を受ける。でなければ、セクーレを殺すか、ガルヴァ軍の中に押し戻すかして、無かったことにもしちまえる」

数え上げて、シャリースは肩をすくめた。

「その場合、ここで両軍が大激突になるだろう。だが、そもそも俺たちは、そのときのためにここに来てるんだからな」

「やることは判ってますよ」

チェイスが口を挟む。呑気《のんき》な口調だ。

「でも俺は別に、もうしばらくここでぶらぶらしてても構わないですけどね。楽ちんだから」

「若者の図太さには負ける」

心底呆れたという顔で、メイスレイがかぶりを振る。

「あのガルヴァ軍を眺めながら、何も感じないというのか」

「確かに、奴らはもう、風景の一部のようにも見える」

そう言って、シャリースはにやりと笑った。

「だが、チェイスは大事なことを忘れてるぜ。ここにいる期間が長くなるほど、稼《かせ》ぎが少なくなるってことをな。このままだとおまえはじきに、食い物が足りないと文句を言い始めることになる」

「そうだった」

ぶつくさとチェイスが呟く。小さな笑い声が幾つか起こったが、すぐに消えた。呑気に笑っていられる状況ではないのだ。

「だがな、シャリース、フレイヴンがケネットに圧力を掛けたとして——ケネットが、セクーレじゃなく、フレイヴンのほうを排除しようとしたら、どうする?」

ダルウィンが別の可能性を挙げた。

「フレイヴンは平民で、何の後ろ盾《だて》も持ってない。たとえ、ある朝ベッドの上で冷たくなって発見されたとしても、公式には病死として片付けられちまうぜ」

シャリースは片眉を吊り上げて、火の前に蹲《うずくま》っている幼馴染を見下ろした。

「あのケネットが、敵陣営を前にして、部下の中で一番有能な男を暗殺する？　そんな思い切った真似を、ケネットがしでかすと思うか？」

「あの男は馬鹿だぜ、シャリース」

タッドが重々しく宣言する。

「あんただって知ってるはずだ。あいつは自分のことしか考えてない」

その言葉に、メイスレイも同意した。

「愚か者が何をしでかすか、予測するのは難しいものだ」

しばしの間、シャリースは眉を寄せて黙り込んだ。部下たちは長身の隊長を見つめながら、再び彼が口を開くのを待つ。

やがて、シャリースは溜息《ためいき》を吐《つ》いた。

「……判った。フレイヴンには伏せておこう——まあ、しばらくの間はな。あいつが死んじまうと、俺たちもまずいことになる」

傭兵たちが一斉にうなずく。シャリースは言葉を継いだ。

「言うまでもないだろうが、このことは、誰にも漏らすなよ」

「それで、俺たちはどうするよ？」

薪《たきぎ》を火にくべながら、ダルウィンが尋ねる。シャリースはアランデイルからの手紙を彼に渡した。火を指し示す。ダルウィンは手紙を一瞥《いちべつ》し、それから火の中に投じた。

手紙が燃えて縮まり、灰になっていく様を、全員が見守った。シャリースは炎《ほのお》を見つめたまま言った。

「とにかく、ケネットを突《つ》きに行く。方法は——これから考える」

「おい、スタッグが戻って来る」

一人が報告した。

シャリースの目にも、すぐにそれが見えた。特徴のある赤い髪の若者は、白い狼に先導されて、バンダル・アード＝ケナードの野営地に向かっている。

傭兵たちはさりげなくそれぞれの火に戻り、密談などなかったようなふりをした。スタッグは何も気付いていないようだ。彼は足下に目を落として歩いており、傭兵たちが散開した後になって、ようやく顔を上げた。シャリースが手招きしているのに目を留め、近付いてくる。

ひと足早く到着したエルディルは、シャリースを素通りして、ダルウィンの元へ馳《は》せ参じた。食べ物を持っているのは、シャリースではなく、ダルウィンだ。熱心に干し肉の匂いを嗅《か》ぐ狼の鼻面《はなづら》を、ダルウィンが必死で押しのける。だが、立っているときならばともかく、腰を下ろしているダルウィンは、狼の巨体に対してあまりにも無防備だ。

マドゥ＝アリが、スターグの後ろからゆっくりと彼らに近付く。

「エルディル」

母親の厳しい声に、半ばダルウィンに圧《お》し掛かっていたエルディルが渋々《しぶしぶ》身を引いた。戦略を変え、ダルウィンに向かって尻尾を振ることで、干し肉の小さな一欠片を手に入れる。

「フレイヴンは何か言ってたか？」

シャリースの問いに、スターグはかぶりを振った。

「いえ、今日は特にないんですが……」

口を濁《にご》す。シャリースは相手を覗き込んだ。

「どうした？」

「あの……」

言い淀《よど》んだが、やがて若者は、思い切ったように続けた。

「これは余計なことかもしれませんけど、バンダル・ルアインの隊長が……」

意外な名前に、シャリースは片目を眇めた。ダルウィンも驚いて、スターグを見やる。

「テレスがどうしたって？」

スターグは、小柄《こがら》な傭兵のほうへ顔を向けた。

「雇い主の司令官が、彼と揉めてたみたいです」

「……へえ」

ダルウィンがにやりと笑った。シャリースも顎を引いてみせる。

「そいつは面白いな」

「面白い⁉」

スタークが目を丸くする。

「バンダル・ルアインが首にされたら、どうするんですか？　敵が目の前にいるっていうのに……」

「バンダル・ルアインが首にされるわけはないと、俺は思うね」

シャリースは若者へ解説してやった。

「テレスは抜け目のない野郎だ。雇い主を捕まえておきたいと思ったら、あいつはいつまでも捕まえておける。もしバンダル・ルアインがここからいなくなるとしたら、それは、雇い主があいつらを首にするんじゃなくて、テレスが雇い主を首にするときなんだ」

その言葉が正しかったことは、間もなく明らかにされた。

テレスが自ら、バンダル・アード＝ケナードの野営地へ足を運んできたのだ。顔に刀傷のある傭兵隊長は、シャリースへ淡々とこう告げた。

「俺たちは、明日には、ここから出ていくことにした」

シャリースは年嵩《としかさ》の傭兵隊長を横目に見やった。

「何があった？」

「雇い主の金が続かなくなった」

頰《ほお》の傷跡を無意識のように指先で辿《たど》りながら、テレスは唇《くちびる》の端で笑う。

「奴は俺たちに、借金をしようとさえした。こんな馬鹿な話を聞いたのは久し振りだ。金を払わない以上は雇い主ではないということを証明するために、歯の二、三本もへし折ってやろうかと申し出てやったよ」

いかにも、百戦錬磨《れんま》の傭兵隊長らしい顔つきである。シャリースはうなずいた。こんな顔つきをしているときのテレスを相手に、自分の言い分を強く押し付けられるほど、命知らずな雇い主はいないだろう。テレスもそれを承知の上だ。傭兵隊長としてはまだ若く、隊長であること自体を疑われることも多いシャリースには、なかなか真似の出来ない芸当だった。

しかし、この結末自体は予想のついていたことだ。バンダル・ルアインが日割りで報酬を受け取ることを選んだのは、賢《かしこ》い選択だったと言える。

「あんたらにとっては、楽な仕事だったんじゃないか？」

軽い口調のシャリースに、テレスは片眉を上げてみせた。

「すっかり忘れているようだが、ガルヴォ軍の偵察《ていさつ》に行ったのは、俺のバンダルだ。他の誰でもなくな」

皮肉な口調だ。確かに、バンダル・アード＝ケナードを始め、他のバンダルがろくな仕事をしていないことは、誰の目にも明らかだった。

それでも、テレスは小さく笑ってみせた。

「だが——そうだな、楽な仕事だった」

二人はしばし肩を並べて、エンレイズ軍の野営地を見渡していた。周囲の傭兵たちは、隊長同士の話に割り込まない。遠巻きに成り行きを見守っている。

「これからどうするんだ？」

やがて、シャリースは尋ねた。テレスが肩をすくめる。

「ここで俺たちを雇おうという人間がいなければ、モウダーに出る。あそこのほうが、仕事にありつき易い」

シャリースは意味ありげな目を、テレスへと向けた。

「物足りなかったんじゃないか？」

「楽に稼げるに越したことはない」

挑発をあっさりと切り捨てたものの、テレスは渋々、シャリースの顔を見返した。

「……何を企んでる？」

シャリースはにやりと笑った。

「あんたと、ちょっと相談したいことがある。昼飯を一緒にどうだ?」

テレスは疑わしげな顔つきになった。推《お》し量《はか》るように、シャリースの青灰色《せいかいしょく》の目を覗き込む。そして、相手の肩越しにその背後を見やる。鍋《なべ》を掻《か》き回していたダルウィンが、木の匙《さじ》を掲げてテレスへ挨拶《あいさつ》を寄越す。

彼を決意させたのは、その鍋から漂《ただよ》ってきたスープの香りだったかもしれない。

「……いいだろう」

気乗り薄な様子ながら、バンダル・ルアインの隊長はうなずいた。

灰色の軍服を着た傭兵たちが天幕の周囲をうろついていても、正規軍の兵士たちは気にも留めない。

フォルサスはこの野営地に到着したときから、部下たちを正規軍の兵士たちの間に送り出し、風景の中に溶け込ませていた。正規軍の兵士たちは、傭兵たちの存在に慣れ切っている。そうなるように、彼らは仕向けたのだ。

スルラは、自分の天幕の中にいる。

三人の傭兵が、その裏手で無駄話をしている。天幕の裏手は、風を避けるのにうってつけの場所だ。他の天幕の陰にも、図々しい兵士がたむろしている。傭兵たちが暖かな場所を確保していることに眉をひそめる者もいるが、誰も、あえて追い払おうとまではしない。

実際には、傭兵たちは、話などしていなかった。彼らはさりげなく辺りに目を配りながら耳を澄ませ、天幕の中の様子を窺っている。

布を一枚隔てたところで、スルラは部下の一人と話し込んでいた。話の内容はよく聞こえないが、声の調子は深刻そうだ。傭兵たちは、スルラとその部下が、天幕の外に出るのを待っていた。天幕が無人のときでなければ、彼らは、隊長から言いつかった仕事を果たせない。

しかし、もしスルラと部下が、何か重要なことを話し合っているのであれば、フォルサスはもちろん、その内容を知りたがるだろう。傭兵たちは息を詰めて、天幕の中での会話を聞き取ろうとしていた。幸いなことに、スルラの声が僅《わず》かに大きくなる。

聞こえてきた言葉に、三人の傭兵は思わず顔を見合わせた。

話は続いている。いつ終わるのかも定かではない。傭兵たちは目顔で相談し、うなずき合った。その場から離れ、自分たちの野営地へと急ぐ。

戻ってきた彼らの顔を見て、フォルサスは眉を寄せた。部下たちの表情からするに、首尾よく手紙を盗み見てきたわけではないらしい。

彼らは真っ直ぐに、フォルサスの元へやって来た。フォルサスは火の前に座ったまま、彼らを待ち受けた。

「何があった?」

「えらいことを聞いちまった」

上官の問いに、一人が早口に答える。別の一人が、傍《かたわ》らでうなずいた。

「スルラが、たった今言ってたんだ——あいつがどうやって知ったのかは知らねえが、とにかく、明日の朝、エンレイズ軍が攻めて来るらしい」

「……」

傭兵たちは、この情報に静まり返った。部下たちの視線を浴びながら、フォルサスは黙って、炎の中を睨《にら》み据《す》えた。


それは文字通り、手探りの行軍だった。

夜明けまでには、まだしばらく時間がある。周囲は闇と霧に包まれ、目の前にかざした自分の手すら見えない有様だ。

だが、バンダル・ルアインは松明《たいまつ》も灯さずに、闇の中をゆっくりと進んで行った。誰もが口を閉ざしている。たとえ何かに躓《つまず》いて転んだとしても、決して声を立ててはならないと、彼らは事前に打ち合わせていた。彼らがここにいることは、敵にも味方にも、気付かれてはならないのだ。

彼らは南へと向かっている。視界が利かず、多少方角がずれていたかもしれなかったが、テレスはそれを許容した。今肝心《かんじん》なのは、出来る限り、野営地から離れることだ。

この状況では、目よりも、耳のほうが役に立つ。一歩ずつ地面を踏みしめて進みながら、彼らは、剣帯の金具が立てる微《かす》かな音や、仲間の息遣《いきづか》いに耳を澄ませていた。

先頭を行くテレスが、立ち止まった。

じりじりと歩を進めていた傭兵たちは、隊長の動きを、周囲にいる仲間たちの動きによって伝えられた。殆ど同時に、足を止める。そして息を詰める。

こちらに近付いてくる、何者かの気配を感じ取る。

彼らは身じろぎもせぬまま、そちらへと意識を集中した。やがて霧の向こうに、赤い炎の影がちらつき始める。誰かが松明を掲げて、こちらへと歩いてくるのだ。

バンダル・ルアインは、草原の真ん中で、彫像のように身を固くしていた。口をきく者はいなかったが、誰もが心の中で、こっちに来るなと念じていたのは間違いない。傭兵たちは物音一つ立てることなく、待った。運が良ければ、松明を持つ何者かは、自分たちに気付かぬまま、行ってしまうだろう。

しかし、どちらにとっても、運がいいとは言えぬ事態になったのだ。

松明の火の動きは、もどかしくなるほどに遅かった。火があっても、視界が悪いことに変わりはない。用心深い足取りでバンダル・ルアインの傭兵たちに近付いてくるのは、二人ないし三人の男たちだった。低い声で言葉を交わしながら歩いてくる。

その内容が耳に入った瞬間、テレスは剣の柄《つか》に手をやった。彼の部下たちも、無言のまま隊長に倣《なら》う。

近付いてくる男たちが話していたのは、ガルヴァ語だったのだ。

ガルヴァ人たちが迫る。彼らが自分たちを見逃す可能性は、まだ残っている。傭兵たちは息を詰めた。

炎を見ながら、テレスは素早く思案を巡らせた。物音を立てずに逃げることは出来ない。ガルヴァ人たちは、もう目と鼻の先にいる。

その一方で、敵はほんの数人に過ぎなかった。一気に襲いかかって殺してしまえば、それで終わりだ。いずれ死体が発見されれば、騒ぎになるかもしれない。しかし少なくとも、時間は稼げる。

息だけの囁《ささや》きで、テレスは両脇にいた部下の名を呼んだ。

「全員始末する。いいな」

「はい」

やはり、息だけの囁き声で、返事が返る。

松明を持つ人物が、剣三本分の長さにまで迫ったところで、テレスは前へと飛び出した。

松明が地面に落ち、枯れ草に火がついた。それはすぐに消えたが、最後の光が、ガルヴァ兵の驚愕《きょうがく》の表情を照らし出した。

その瞬間、テレスは剣を抜き放った。

彼の剣は正確に、目の前にいたガルヴァ兵の心臓を貫いた。二人の部下も、それぞれの獲物に襲いかかる。襲撃を予期していなかったガルヴァ兵を殺すのは、造作もないことだった。

だが彼らにとって誤算だったのは、四人目のガルヴァ人がいたことだった。

傭兵たちがそれに気付いたとき、最後のガルヴァ兵は、悲鳴すら上げずに身を翻《ひるがえ》し、闇の中へと逃げ去ってしまった。地面を焦《こ》がした炎が臙脂《えんじ》色の軍服の背中を捉えたが、その火もすぐに消えた。

「くそっ」

ガルヴァ兵の身体から剣を抜きながら、傭兵の一人が毒づく。殺した男の軍服で、テレスは素早く剣を拭《ぬぐ》った。彼自身、悪態を吐きたい気分だったが、今はそんなことに時間を費やしている場合ではない。

剣を鞘《さや》に収めて、彼は部下たちを振り返った。

「行くぞ」

そしてバンダル・ルアインは、再び南を目指して動き始めた。


それは、曙光《しょこう》の最初の一筋が、地上に現れる頃合いだった。

実際には、光は見えない。濃い霧が立ち込め、周囲は灰色にかすんでいる。その中にいる人間たちは、音さえもくぐもって聞こえるような気持ちになっている。

だが、エルディルは違う。視界が塞《ふさ》がれていても、彼女はそれに惑わされたりはしない。

母親の側で丸くなるエルディルの耳が、そのとき、ぴくりと動いた。金色の瞳が大きく開き、次の瞬間、彼女は音もなく立ち上がった。

マドゥ＝アリは即座に身を起こし、狼の横に立った。彼の緑色の瞳に映ったのは、しかし濃い霧と、味方の焚火《たきび》の灯りだけだ。特に変わった音も聞こえない。だがエルディルが、常になく緊張しているのは間違いなかった。鼻先をガルヴォ軍の方角へ向け、霧を透かすようにして、集中している。

彼らの側に寝ていた仲間が、毛布の中で身じろぎした。マドゥ＝アリが霧の向こうを見ているのに気付き、欠伸《あくび》をしながら上体を起こす。

「……どうした？」

「ガルヴォ軍が来る」

マドゥ＝アリの静かな答えに、彼は飛び上がった。

直ちに、シャリースが呼ばれた。エルディルは落ち着かなげに、マドゥ＝アリの足下をうろついている。狼の鋭い眼差《まなざ》しは、霧の向こうの敵の姿を見据えていた。同じ方角を見やりはしたものの、しかしシャリースには、敵を感知することが出来ない。

だが、彼はエルディルを疑わなかった。それは他の傭兵たちも同じだ。彼らは剣帯を締め直しながら、白い狼とその母親の周りに集まってきている。

「これは、偶然か？」

ダルウィンが声を殺して、幼馴染に囁きかける。

「それとも俺たちのやったことが、もう、あいつらに知られちまったのか？」

「さあな」

シャリースは部下たちを見渡した。

「判らないが、今は、そんなことはどうでもいい。皆、やることは心得てるだろうな？」

傭兵たちはうなずいた。一際《ひときわ》緊張した面持ちが目立つのは、ただ一人、正規軍所属のスタークだ。

赤い髪の若者へ、傭兵隊長はにやりと笑いかけた。

「緊急事態だが、そんなざまじゃあ、おまえを使いに出すわけにはいかねえな」

そして彼は、スタークの側に、そびえるように立っている巨漢へと目を移した。

「ノール、ひとっ走りフレイヴンのところへ行って、何が起こっているのか説明してきてくれ。フレイヴンも、おまえの図体《ずうたい》を見忘れたりはしてないだろう」

「判った」

ノールは直ちに踵《きびす》を返した。大股に歩み去る広い背中へ、シャリースは声を掛けた。

「すぐに戻れよ。俺たちにはおまえが必要なんだからな」

ノールが片手を挙げて、それに応じる。シャリースは部下たちへうなずきかけた。

「よし、仕事に掛かるぞ」


フレイヴンは、夜明け前に目を覚ましていた。

元々、彼はぐずぐず朝寝をしたりはしない。だが今朝は、いつにもまして、早い時間に目が覚めた。嫌な予感がした。根拠のない不安が、胸にきざす。夢見が悪かったせいかもしれないと思いながら、彼は素早く身支度を調え、天幕の外へ出た。

冷たい空気が肌を刺す。そこここで焚火の炎が躍っているが、野営地は寝静まっている。起きているのは不寝番の兵士だけだ。

無意識のうちに剣の位置を直しながら、フレイヴンは、白くぼやけた景色を見渡した。

恐らくは今日も、無意味な待機の一日となるのだろう。退屈だが、安全だと、彼は自分に言い聞かせた。だが嫌な予感は消えない。

彼は奥歯を嚙み締めた。戦場で働く勘を、彼は信じていた。そんなものは幻想だという者もいるが、己の勘に従って、彼はここまで生き延びてきたのだ。

あの傭兵隊長が面倒を起こさなければ――と、彼は考えた。シャリースが余計な真似をしなければ、平和は保たれるだろう。だが、それがおかしなことだというのは、彼にもよく判っている。ここは戦場だ。シャリースがいようといまいと、ガルヴォ軍との間で馬鹿げた平和を保っていて、いいわけはない。

果たして、彼は霧の向こうから、黒衣の傭兵が近付いてくるのを発見した。

濃緑色のマントは、バンダル・アード＝ケナードのものだ。大柄なその男は、しかしシャリースではなかった。フレイヴンはその男を覚えていた。名前は知らないが、その巨体は、一目見たら忘れられない。

「フレイヴン殿」

黒髪の司令官へ、ノールは礼儀正しい口調で呼びかけた。

「ガルヴォ軍に動きがあります」

フレイヴンは片眉を上げた。

「……攻めてくると？　どうして判る？」

「エルディルが警戒しています」

ノールは霧の向こうを指し示した。

「うちの隊長は、ガルヴォが今にも攻め込んでくると考えてます。あなたへ伝えるように言われました」

た。

「……」

フレイヴンは奥歯を噛み締めて、ノールを見上げた。

もし、これを伝えに来たのがシャリース本人だったら、フレイヴンはその見解を、素直に受け入れる気にはならなかったかもしれない。反射的に傭兵隊長の言葉を疑い、その裏に何があるのかを見極めようとしていたかもしれない。

恐らくそれを見越して、シャリースはこの巨漢を寄越したのだろう。ノールは穏やかで、その表情は誠実だった。そして彼がもたらした知らせは、フレイヴンの勘と合致していた。

戦況が、大きく動こうとしているのだ。

「――判った」

フレイヴンはうなずいた。ノールはうなずき返し、霧の中へと姿を消した。

フレイヴンはすぐさま身を翻して、副官の天幕に乗り込んだ。普段ならば、怠《なま》け者の貴族の若者の手など必要としないが、今は別だ。手持ちの全てを使わなければならない。

「起きろ！」

狭い寝台の上で毛布に埋もれていたデイプレイが、その怒鳴《どな》り声に跳ね起きた。半分目を閉じたまま、入口に立ちはだかる人影をぼんやりと見やる。

「何……」

「今すぐ全員を起こせ」

若い副官はようやく、自分を怒鳴りつけているのが上官であるということを認識したらしい。目を瞬《しばた》く。

「は……？」

まだ完全に覚醒《かくせい》していないらしい副官へ、フレイヴンはさらなる怒声を浴びせた。

「ガルヴァ軍が来る。全員を叩き起こせ！」

遅まきながら、若者はぎくしゃくと動き出した。デイプレイが寝台から下りるのを待たずに、フレイヴンは外へ出た。

「起きろ！」

通り道に寝ていた兵士を爪先《つまさき》で小突きながら、喚《わめ》き散らす。

「全員、武器を取って、待機！」

兵士たちの間に、低いざわめきが起きる。中には、何の冗談だと文句を言う者さえいた。

だが、命令を下しているのがフレイヴンだということが知れると、彼らは口を噤《つぐ》んだ。司令官の言葉を聞き漏らすまいと、全員が耳を澄ませている。敵が来るという情報が、次第に周囲へと広がっていく。各々が自分の剣の在《あ》り処《か》を確かめ、金属の触れ合う音が重なり合って野営地を満たす。

悲鳴とも呻《うめ》きともつかぬ声が、霧の向こうからはっきりと聞こえた。

ガルヴァ軍がいる方角からだ。だが、何が起こっているのかは判らない。兵士たちは白い霧の中で身を縮めた。

「方陣を作れ」

フレイヴンの声は、落ち着き払っていた。兵士たちにとっては、その声だけが頼りだった。目覚めたばかりで、視界は利かず、何が起こっているのか判らない。だが少なくとも、フレイヴンはすべきことを心得ているらしい。

彼らは訓練した通りの方陣を作り、そして待った。

白い霧の向こうに、臙脂色の塊《かたまり》がうごめいているのを目にした瞬間、スタークは、自分の顔から血が引いていくのをはっきりと感じた。

周囲を黒衣の傭兵に固められていなければ、そのまま地面に膝《ひざ》をついてしまったかもしれない。こんな間近で敵を見るのは、彼にとって初めてのことだ。自分はここで終わるのだと、彼は思った。死というものを、こんなにも強く意識したことはなかった。

「リリア……」

覚えず、その名が口から滑り落ちる。

すぐ隣にいたチェイスが、彼のほうへ顔を向けた。

「リリアって、誰？」

場違いなほど明るい口調だった。実際、チェイスはスタージとは違い、死が迫っているなどとは微塵《みじん》も考えていないらしい。そばかすだらけの顔は興奮に輝いている。

スタージは拍子抜けした気分になった。チェイスは戦いを恐れていないどころか、楽しんでさえいる。それにつられて、スタージの脳裏にあった死の黒い影も薄らいだ。

「——妹だよ」

「へえ、可愛い？」

チェイスの問いは気楽だ。その口元には、笑みが浮かんでいる。ガルヴァ軍の様子を窺いながらも、まるで、日溜まりで呑気なお喋《しゃべ》りに興じているかのようだった。

笑い返すことは出来なかったが、スタージは何とかうなずいた。

「可愛いよ——でも、もう会えないかも」

「大丈夫だって、心配すんなよ」

ばんと背中を叩かれて、スタージは飛び上がった。もちろん、彼の背中を叩いたのは敵ではない。チェイスの左手だ。

見ていた傭兵たちの間から、小さな笑い声が漏れる。スタージは赤面した。ほんの少し、肩が軽くなる。

「静かにしろ」

シャリースの叱咤《しった》が飛んだ。静かだが、厳しい口調だ。

「奴ら、来るぞ」

傭兵たちは口を噤み、身構えた。エルディルが低い唸《うな》り声を発している。それが、次第に大きくなる。深い霧を引き裂いて、ガルヴァ軍の兵士たちが、怒濤《どとう》のように押し寄せてきた。

まず飛び出したのは、エルディルだった。彼女は真っ直ぐ敵に飛びかかり、その喉笛《のどぶえ》を噛み裂いた。

戦場で最初の血を流した男は、声も立てずに倒れた。

悲鳴を上げたのは、狼の襲撃を目の当たりにした、ガルヴォの兵士たちだった。

「ブルーク！」

シャリースの突撃の命令が下る。バンダル・アード＝ケナードの面々は、雄叫《おたけ》びを上げながら、臙脂色の軍服の中へと飛び込んで行った。

あとがき

「春はまだ遠い。」と、本書冒頭に書きました。

その季節までに刊行するつもりだったんだよなあ……と、今、遠い目になってます。巻末の出版日をごらんください。どれだけこの本の原稿が遅れたか、お判りいただけると思います。

ありとあらゆる関係者様のスケジュールを無茶苦茶にしてしまって、大変申し訳なかったんですが――書けなかったのです。まるで、巨大なゼリー（しかもゼラチンかなり多め）の海を掻《か》き分けて進んでいるような心持ちでした。勢いに乗って一気に書けた場所など一個もない、我慢の執筆になってしまいました。

上下巻が苦しいことは、もう経験済みで判っていたはずなのに、何で私は、こんなことに取り組んでしまったのでしょうか。

それは、執筆計画段階の私が、「エンタメ小説っていうのは、二、三冊くらいのボリュームがあったほうが面白いよねー」などと、読者目線で考えついてしまったからなのです。

ちょっと来い、あの日の私！　そこに正座しろ！　二、三冊くらいと軽く言ったが、書くのは誰だと思ってる⁉　私だぞ！　ただでさえ頭が悪くて集中力のない私が、二冊分のストーリーをまとめるのに、どれだけ苦労すると思ってるんだ⁉　一冊書くときの、二倍どころか、十倍か、それ以上に大変なんだぞ！

……しかし、過去の自分の胸倉摑《つか》んでがくがく揺さぶれるわけもなく、上下巻分のストーリーとキャラクターの海で溺《おぼ》れる羽目になりました。愚痴《ぐち》を綴《つづ》りだすときりがないので、その話はこれくらいにしておきます。でも、いっしょうけんめいかきました……！

さて、下巻の原稿もそろそろ終わると思っていた夏の日、友人から、一通のメールが入りました。

「戸田《とだ》の花火、パナホームのモデルハウスから、涼しく人ごみにまぎれず見られるんですが……」

行く？　という誘いに、飛び乗る私。

いやもう、執筆の最後の一ヶ月ほどは、犬の散歩以外殆《ほとん》ど外出もせず、お気に入りのテレビドラマも録画しっぱなし、友達とのメールのやり取りすら控えていて、何だか爆発しそうになっていたのです。花火大会の開催日は、メールから一週間後――これを励みに頑張って、何とか原稿を書き上げました。人間というより、何かの搾《しぼ》りカスみたいになってましたが、どうにか出掛けてきました。

連れて行ってもらった花火大会、素晴らしかった！

メールをもらった段階では、どこからどんな感じで見るのかよく判っていなかったんですが、連れて行かれたのは、戸田公園近くの住宅展示場。ここにあるパナホームのモデルハウスから花火がよく見えるということで、社員さんたちが花火の日、ここに得意客を招待することにしたというのです。

花火大会は荒川沿《あらかわぞ》いで行われるので、人の波は川へと向かいますが、我々はエアコンの効いたモデルハウスに招じ入れられ、丁重に三階へと案内されます。テーブルには御馳走《ごちそう》が並べられ、椅子に座ると冷えた生ビールが渡されます。そして一杯《ぱい》飲み終える前に、社員さんがすかさず、お代わりを運んで来てくれるのです。

まるで王侯貴族みたい！　と思いつつ、料理と酒を貪《むさぼ》ってました（それは、貧乏人の行動では……）。料理はケータリングなどではなく、全て、社員さんの手作りだそうです。どれもお世辞抜きでおいしかったです。タッパーを持って行けばよかった！

他にもお客様が何組かいらしてましたが、狭苦しいなどということもありません。やがて花火が始まると、これがまた近くて、絶好のロケーションなんですよ。

わー、本物の花火、何年振りだろう、今はこんな色や形の花火が！　すごい迫力！　と、ぽかーんと口を開けて見てきました。本当に夢のような数時間でした。

……で、翌日になって、思ったんですよ――あれ、もしかしたら、夢だったんじゃないかと。エアコンの効いた室内にのんびり座って、ご馳走食べ放題、酒飲み放題、花火間近で見放題で、タダ、なんて、現実のはずはないんじゃないかと。仕事に疲れ、朦朧《もうろう》とした脳が見せた、幸せな幻だったんじゃないかと。

しかし翌朝に残っていた、食べ過ぎによる胃もたれと、二日酔いによる頭痛が、現実であった証拠！（調子に乗りすぎだよ……）

いやでも、楽しかったです！　それまでずーっと、陰々滅々とした生活を送ってきたので、命の洗濯をした、という感じでした。パナホームの皆様、どうもありがとうございました。友人の伝手《つて》で潜《もぐ》り込んだ私は、本当は、客でも何でもないというのに……。

さて、本書と同時に、『おんもにでよう。』という本が発売になります。不肖《ふしょう》ワタクシの初エッセイです。携帯電話のサイトで配信していたものを、一冊にまとめていただきました。体調不良のリハビリにお出かけしよう！　から始まって、女子度を上げるためにセミオーダーでブラジャーを作ってみようとか、オタクライフを楽しもうとか、変なもの食べに行こうとか——何だか行き当たりばったりでしたが、とにかく毎月外へ出て、その模様を書き綴《つづ》りました。こちらは完全お笑い仕様となっておりますので、軽い気持ちで、ときに私を嘲《あざけ》り、ときに憐《あわれ》みつつ、読んでいただければ幸いです。面白いイラストを付けていただいて、インパクトもアップ！　さあ皆の衆、買って読んで、私の駄目っぷりを笑うがいいわ！(↑もう居直った)

上巻の原稿を担当さんにお渡しした後、「ここで終わるか！」とお電話いただいて、ほくそ笑みました。上下巻を書く最大の楽しみは、いいところで上巻を切るところにありますからな！　読者の皆様にも歯ぎしりしていただければ、作者として、これほど嬉しいことはありません。

ではまた、下巻のあとがきでお会いしましょう。

駒崎　優

ご感想・ご意見をお寄せください。

イラストの投稿も受け付けております。

なお、投稿作品をお送りいただく際には、編集部
(tel:03-3563-3692、e-mail:mail@c-novels.com)

まで、事前に必ずご連絡ください。

C★NOVELS Fantasia

裏切《うらぎ》りの杯《さかずき》を干《ほ》して　上《じょう》
──バンダル・アード＝ケナード

2012年 9 月25日　初版発行
2012年10月20日　再版発行

著　者　駒《こま》　崎《ざき》　優《ゆう》

発行者　小 林 敬 和

発行所　中央公論新社
〒104-8320　東京都中央区京橋2-8-7
電話　販売 03-3563-1431　編集 03-3563-3692
URL http://www.chuko.co.jp/

DTP　ハンズ・ミケ

印　刷　三晃印刷（本文）
大熊整美堂（カバー・表紙）

製　本　小泉製本

Published by CHUOKORON-SHINSHA, INC.
Printed in Japan　ISBN978-4-12-501218-6 C0293

応募規定

❶プリントアウトした原稿、❷表紙＋あらすじ、❸エントリーシート、❹テキストデータを同封し、お送りください。

❶プリントアウトした原稿
「原稿」は必ずワープロ原稿で、40字×40行を1枚とし、90枚以上120枚まで。
※プリントアウトには通しナンバーを付け、縦書き、A4普通紙に印字のこと。感熱紙での印字、手書きの原稿はお断りいたします。

❷表紙＋あらすじ（各1枚）
表紙には「作品タイトル」と「ペンネーム」を記し、あらすじは800字以内でご記入ください。

❸エントリーシート
C★NOVELSドットコム[http://www.c-novels.com/]内の「C★NOVELS大賞」ページよりダウンロードし、必要事項を記入のこと。
※❶❷❸は、右肩をダブルクリップで綴じてください。

❹テキストデータ
メディアは、FDまたはCD-R。ラベルにペンネーム・本名・作品タイトルを明記すること。必ず「テキスト形式」で、以下のデータを揃えてください。
ⓐ原稿、あらすじ等、❶❷でプリントアウトしたものすべて
ⓑエントリーシートに記入した要素

応募資格

性別、年齢、プロ・アマを問いません。

選考及び発表

C★NOVELSファンタジア編集部で選考を行ない、大賞及び優秀作品を決定。2014年2月中旬に、C★NOVELS公式サイト、メールマガジン、折り込みチラシ等で発表する予定です（一次選考通過者には短い選評をお送りします）。

注意事項

●複数作品での応募可。ただし、1作品ずつ別送のこと。
●応募作品は返却しません。選考に関する問い合わせには応じられません。
●同じ作品の他の小説賞への二重応募は認めません。
●未発表作品に限ります。ただし、営利を目的とせず運営される個人のウエブサイトやメールマガジン、同人誌等での作品掲載は、未発表とみなし、応募を受け付けます（掲載したサイト名、同人誌名等を明記のこと）。
●入選作の出版権、映像化権、電子出版権、および二次使用権など、発生する全ての権利は中央公論新社に帰属します。
●ご提供いただいた個人情報は、賞選考に関わる業務以外には使用いたしません。

締切

2013年9月30日（当日消印有効）

あて先

〒104-8320 東京都中央区京橋2-8-7
中央公論新社『第10回C★NOVELS大賞』係

（2012年9月改訂）

主催・C★NOVELSファンタジア編集部

九条菜月の本

華国神記

奪われた真名

下級官吏・鄭仲望の前に現れた少女・春蘭。真名を奪われた神だと主張する彼女は居候を決め込んだ。そして都を跋扈する魔物にまつわる大事件に、二人は巻き込まれていくのだった！

妖霧に惑いし者

元神様・春蘭は近づく雨期に焦りつつも、鄭家に居候中。真名盗人の情報収集の最中、山では妖がらみの事件が頻発していた。情報を握る仲望は捜索隊の一員として都を離れてしまい……。

虚空からの声

仲望を避けて妓楼暮らしと同時期に
街を覆い始めた病の影。〈疫〉なのか？
人々を救う方策を模索する春蘭は、
都の守り神について疑問を持ち、
祀られている山に向かうことにする。

イラスト／由貴海里

夏目 翠の本

ヴィレンドルフ恋異聞

その背に咲くは水の華

会社は馘、恋人は二股、家族にも見捨てられ、最後は下水に流された未緒。言葉も通じない世界で奴隷として売られてしまう。皮肉屋で冷血な美青年に拾われるが、彼は命を狙われているようで⁉

その香に惑うは神の娘

女性初の〈水の司〉になった未緒は無知で力も操れないと馬鹿にされる毎日。ブチギレた勢いで三国の視察を決めたが、待ち受けていたのは陰湿な虐めと男性陣からの求愛（⁉）だった！

イラスト／圷よしや

駒崎 優の本

バンダル・アード=ケナード

運命は剣を差し出す1

高名な傭兵隊《バンダル・アード＝ケナード》を率いる若き隊長ジア・シャリース。その波乱の物語、ここに開幕！

運命は剣を差し出す2

囚われたヴァルベイドに迫る冷酷な瞳の謎の男。若き傭兵隊長シャリースはヴァルベイドの救出に奔走する。

運命は剣を差し出す3

ようやくバンダルの隊員たちと合流できたシャリースとヴァルベイドだが、逃避行はまだ続いていた！

『運命は剣を差し出す』最終巻。

あの花に手が届けば

それは最低の戦いだった。雇い主の過失により
多くのバンダルが壊滅状態に追い込まれたのだ。
さらに行く手には敵軍が待ち伏せている。
——シャリースの決断に、隊の命運がかかっていた。

故郷に降る雨の声　上下

アード＝ケナードに何も告げずに契約を迫る謎の老人。積み上げられた金貨にシャリースは惑う。苦難のすえ依頼人のもとに辿り着いてみれば、そこは隊にとって最悪の場所で——

われら濁流を遡る

バンダルの元に持ち込まれたのは「正規軍を敵に回しそうな」厄介な依頼だった。傭兵隊としての存在そのものを脅かしそうなこの頼みを、シャリースはどうさばこうとするのか？

イラスト／ひたき